KB012616

POTENTIAL
포텐

POTENTIAL 포텐 2

김민수 장편소설


초판 1쇄 찍은 날 | 2016년 11월 22일
초판 1쇄 펴낸 날 | 2016년 11월 29일

지은이 | 김민수
펴낸이 | 예경원

기획 | 위시북스
편집책임 | 박우진
편집 | 이즈플러스

펴낸곳 | 예원북스
등록번호 | 제396-2012-000132호
등록일자 | 2012. 7. 25
KFN | 제1-047호

주소 | 경기도 고양시 일산동구 호수로 646-24 위너스21 II 빌딩 206A호 (우)10401
전화 | 031-819-9431 팩스 | 031-817-9432
E-mail | yewonbooks@naver.com





ISBN 979-11-5845-358-9 04810
979-11-5845-360-2 (set)





※ 이 도서의 국립중앙도서관 출판시도서목록(CIP)은 서지정보유통지원시스템 홈페이지(http://seoji.nl.go.kr)와 국가자료공동목록시스템(http://www.nl.go.kr/kolisnet)에서 이용하실 수 있습니다.

# POTENTIAL

# 포텐 2

김민수 장편소설

WISHBOOKS MODERN FANTASY STORY

Wish Books

CONTENTS


10. 원스 어게인 7

11. 일상, 일, 그리고…… 53

12. 패션 액츄얼리 131

13. 영광의 레이서 219

14. 철투! 1 vs 100 (1) 283

# POTENTIAL

# 포텐

# 10.

# 원스 어게인

7월 16일 투데이 매치업.

이날의 열기는 유난히 뜨거웠다. 펜타스톰의 팬 중에서 국내는 물론 해외의 팬까지 모여들어 경기장을 꽉꽉 채운 탓이었다.

먼 길 마다않고 그들이 모인 이유는 단 하나. 미리 보는 결승전이라 해도 부족하지 않을 둘의 접전을 보기 위함이었다.

『강민호 VS 정요한』

e스포츠라는 새 흐름을 타고 발군의 실력을 자랑한 두 라이벌. 그들이 2년 만에 벌이는 격돌이었다. 탁월한 컨트롤과

전략으로 매게임 명승부를 벌인 덕에 '정민록'이라고까지 이름 붙은 둘의 플레이는 실로 박빙!

【전역 후 승전 가도를 달리는 강민호와 2년간 강력한 우승자의 타이틀을 고수한 정요한이 16강 조별리그에서 붙는다!】

【통산전적 9:9! 과연 오늘의 승자는?!】

자극적인 광고와 기사만큼이나 상품과 이벤트 역시 풍성했다. 관객들 역시 명승부를 기대했다. 그리고 이런 팬들의 성원에 보답하듯 두 게이머는 치열한 접전을 벌이고 있었다. 통상의 플레이어라면 벌써 항복했어야 할 상황에도 반전을 거듭 보였다.

—강민호 본진 위기입니다! 땅과 공중. 모두 포위됐어요!

부스 안에서 마우스를 클릭하던 민호의 손길이 분주해졌다. 열세 속에서 어떻게든 승기를 찾고자 집중에 집중을 더했다.

'역시 요한이 형, 만만치 않아.'

초반 엄폐호 러쉬에 흔들린 것이 컸다. 오늘 컨디션이 최상이 아니었다면 결코 막아내지 못했을 치명적인 공격. 미친 고딩으로 나름 실력을 자랑하는 이글스에 비하면 확실히 이쪽이 한 수 위였다. 후반까지 끌고 오는 동안 가까스로 극복한 위기가 실로 적잖았다.

그러나 아무리 위험해도 오늘은 해볼 만했다. 생각한 대로 손이 반응하고 화면 곳곳을 오가는 눈썰미 역시 예리했다. 취화정의 효과였다.

'먹고 일어나면 다음 날은 컨디션이 최상이 되는 부가효과가 있을 줄 누가 알았겠어?'

민호는 손의 반응속도와 머리회전 모두 전성기와 비슷할 정도로 휙휙 돌아가고 있음을 체감 중이었다. 상대의 집요한 컨트롤에 재깍 재깍 손이 반응하며 본진의 생산도 놓치지 않았다.

실로 취화정이 피로와 원기 회복에 보이는 효과는 놀라웠다. 다만 너무 많이 먹어 하룻밤이 아니라 24시간, 36시간을 다이렉트로 자 버리는 것은 조심해야 했지만 말이다. 현재 민호의 주량으로는 딱 한 방울 정도가 적당했다.

민호는 실력을 되찾은 자신과 전성기를 구가하는 요한이 비등비등한 실력이라고 생각했다. 그렇기에 확신하고 있었다. 어느 쪽이든 치명적으로 실수하는 쪽이 진다는 것을.

승패의 키워드는 집중력이기에 승리는 최상의 컨디션인 자신에게 더 가까울 것이다.

그런데 삼중의 접전을 컨트롤하며 미세한 차이가 느껴졌

다. 뭐라 표현할 수 없는 예감이었다.

–지하군주! 하늘군주! 속수무책입니다! 어둠장막 스킬로도 버틸 수가 없어요!

–정요한의 화염기갑차와 전투순양함이 많아도 너무 많죠!

기계군단의 막강한 화력 앞에서 생물군단의 유닛들이 하나둘 녹아버렸다. 캐스터와 해설진 모두 정요한의 총공세에 열을 올리는 사이 민호는 구석에 쭉 빼놓았던 운송군주를 움직였다.

참고 참아 준비한 회심의 일격이었다.

'가라!'

정요한의 본진으로 생물군단 병력 두 부대가 투하됐다.

–이건 언제 준비해 놓은 거랍니까! 강민호 본진을 버리고 맞불 작전을 시작했어요!

–강민호의 트레이드마크죠. 이 선수는 위기의 상황에 끌려다니지 않아요. 항상 폭풍 같은 강공을 택하죠.

두 사람의 본진이 그 기능을 잃었다. 서로 간에 자원을 다 캔 멀티건물만 남아 있는 상황.

민호는 본진의 테크건물이 터지기 전 멀티의 생산건물에서 일제히 갈귀군주를 뽑았다. 자폭 기능이 있는 공중유닛이 튀어 나와 정요한의 전투순양함에 돌진했다.

-강민호 전투순양함을 가까스로 처리했습니다. 그러나 지상 유닛을 버텨낼 수가 없어요. 화염기갑차와 공성전차에 쓸립니다.

-민호 선수 분투는 했지만 멀티가 부서지는 건 시간문제죠.

-엘리전 양상이군요. 2년 만에 벌어진 정민록의 최종승자가 정요한 선수로 기울고 있어요.

패배를 직감한 민호가 한숨을 푹 내쉬었다.

'으! 예전 실력을 되찾은 거론 부족했었나.'

회중시계를 꺼내서 느긋하게 지켜볼 타이밍조차 낼 수 없을 만큼 집중한 한판. 라이벌 정요한의 실력은 일취월장해 있었다. 취화정의 효과로 감을 되찾긴 했지만, 상대가 레벨업을 하니 어쩔 수 없었다.

미세한 이 차이를 따라잡기 위해선 오직 노력만이 정답일 것이다. 입맛이 썼다.

"이걸로 통산전적 9:9네. 군대 가는 길 선물이라도 주고 싶었지만 최선을 다하는 게 맞다 생각했다. 민호야. 강해져서 돌아와라."

입대 전의 패배와 함께 들었던 정요한의 멘트가 쓰리게 되뇌어지는 그때였다.

'어?'

민호가 반쯤 포기하고 있던 그때, 다 쓰고 남은 운송군주 사이에 이질적인 유닛 하나가 눈에 들어왔다.

팔랑거리며 날갯짓을 하는 하늘군주 한 마리.

1분 전에 무너진 본진을 지켰어야 할 놈이 정신없는 와중에 딸려왔다.

'이건…….'

문제는 똑같이 본진이 날아간 정요한에게 공중유닛을 상대할 병력을 생산할 방법이 없다는 사실이었다. 기상천외한 전략과 집요한 컨트롤이 강점인 정요한이지만, 이렇게 후반에 들어서면 한 가지 유닛에만 집착하는 단점이 있다.

'럭키!'

실로 천운! 하늘의 도움이었다.

–갑자기 튀어나온 하늘군주 한 마리! 정요한의 남은 부대에 난입합니다!

–어디 있던 한 마리인가요? 요한 선수 지상 유닛은 많지만, 하늘 군주를 처리할 방법이 없어요.

–강민호 멀티를 지켜냅니다! 이 싸움 너무 처절해요!

고작 한 마리의 공중 유닛이 지금 이 판에서는 슈퍼갑이었다. 정요한의 남아 있던 공성전차 3기가 터져 나가자 맵 안에 남은 유닛이라곤 일꾼과 하늘군주 달랑 1마리밖에 없게 됐다.

하늘군주는 유유히 돌아다니며 정요한의 남아 있는 건물들을 부수기 시작했다.

"이번 게임은 내가 먹어야 할 것 같아, 요한이 형."

그리고 기다리던 메시지가 스크린에 떠올랐다.

–GG!

–정요한 GG! 무척 아쉽겠어요! 이로써 통산전적 10:9! 강민호가 앞서 갑니다.

민호가 왼손을 불끈 쥐었다.

✹

경기를 마치고 한바탕 화려한 세리머니까지 끝낸 민호는 대기실의 의자에 몸을 푹 파묻었다. 플레이를 복기해도 그야말로 베스트였던 오늘을 되짚은 그는 뒤늦게 몸이 노곤함을 느꼈다. 하지만 휴식 대신 민호가 집은 것은 한 권의 잡지였다.

"흐음."

'시사팩트'라는 이름의 이 물건은 보면 볼수록 오묘했다. 분명히 한글로 쓰여 있는데 처음 읽을 때와 다시 읽을 때마다 내용이 달라지는 기사들이 넘쳐났다. 솔직한 심정으로 별 관심은 없었지만 억지로 읽는 중이었다.

"하아암~"

호리병에 담긴 술과 마찬가지로, 잠을 불러오는 데는 탁월한 효과가 있는 것임에는 분명했다. 하지만 민호는 미간을 꾹꾹 누르고 관자놀이를 지압한 뒤 애써서 눈을 부릅떴다. 오늘 보기로 한 페이지는 그래도 읽을 요량이었다.

"민호 형!"

선수 대기실의 문의 벌컥 열리고 까까머리의 가람이 뛰어 들어왔다.

"오늘 게임 진짜 죽여줬어요. 요한 선배와 붙기만 하면 맨날 처절한 경기가 나오…… 으잉?"

가람은 민호에게 시선이 머물렀다. 다리를 꼬고 고고하게 앉아 책장을 넘기고 있는 민호가 읽고 있는 건, 최신 게임을 소개하는 잡지도, 천만 남성의 애장필독서 맥심도 아닌 무려 시사를 논하는 잡지.

"헐?"

우리 민호형이 이러실 리 없다는 표정이 된 가람이 물었다.

"형, 퀴즈쇼 나간다 어쩐다 하시더니 취미가 바뀌셨어요? 숙소에 정치 뭐시기라는 책들 잔뜩 사놓고 베개로 쓰시잖아요."

'베개라니!'

마침 지겨워 죽겠는데 너 잘 걸렸다 싶었다.

"따샤."

민호는 잡지를 돌돌 말아 가람의 이마를 통 때렸다.

"악!"

"교양 있게 좀 살자. 이런 거 하나하나로 네 여친 얼굴이 바뀔 수 있어."

"에이! 대학 CC는 시트콤에나 있다는 거, 제가 모를 나이로 보여요?"

그러며 수능 잘 본 애들도 대학 가서 또 공부 중이라고 덧붙였다.

"보통은 그런데, 뺑카치고 수습하려다 보니 될 것도 같더라. 지금은 벼락치기로 죽을 거 같지만 말이야."

"네? 그게 무슨 말이에요?"

"그런 게 있어!"

민호는 잘 모르겠다는 듯 머리를 긁적이는 가람을 손을 휘휘 저어 쫓아냈다. 그리고 어젯밤, 서은하에게 온 문자를 떠올렸다.

[레포트 A+ 받았어요. 에헴! ^-^V 오디션도 최종후보에 들었다는 연락을 받았고요. 아무튼, 민호 씨한테 무지무지 고마운데 다음 주 스케줄 어찌 되세요? 제가 밥 쏠게요!]

발등에 불이 떨어졌다. 남자로서의 자존심을 지키기 위해서라도 최신 시사이슈 정도는 달달 외워둬야 할 상황에 부닥

친 것이다.

민호는 잡지를 덮고 내용을 복기해 보았다.

'피로스의 승리. 싸움에서는 이겼으나 희생이 너무 커서 패배나 다름없는 상황을 뜻한다. 미국이 근래 군산복합체의 손을 빌어 시도한 전쟁에서도 이 비슷한…….'

분명히 한국말인데 참 어려운 한국말이었다.

–띠리리릭.

갑자기 휴대폰이 울려 민호는 흠칫 놀랐다.

'설마 은하 씨가 벌써?'

부담감과 그녀의 상큼한 목소리를 들을 수 있다는 기대감이 맞물려 휴대폰을 들었다. 다행이랄까, 액정에 떠오른 이름은 서은하가 아니었다.

이상건 형

민호는 휴대폰을 들고 통화를 눌렀다.

"형. 간만이에요."

–응, 민호야. 오늘 경기는 잘했어?

흐뭇한 웃음이 저절로 나왔다.

"아슬아슬했지만 이겼죠. 후후."

–이기면 8강 확정이라고 했지? 축하해.

"감사합니다. 근데 이 시간에 웬일이에요?"

휴대폰 너머에서 이상건이 살짝 헛기침했다. 무언가 뿌듯하고 자랑스러운 기색이었다.

–지금 내 쪽으로 와줄 수 있어? 너한테 줄 게 있어.

"줄 거요?"

–일단 와봐. 좋은 거니까. 스케줄 있는 건 아니지?

어리둥절한 채로 일정을 생각했다. 이번 주 가장 중요했던 경기를 막 승리한 터라 이후 별다른 일은 없었다.

"네. 지금 어디신데요?"

–어. 여기 홍대에 있는 카페인데…….

평소 조용조용한 이상건답지 않게 들뜬 목소리로 주소를 말했다. 민호는 이를 메모하다가 문득 생각이 나서 물었다.

"형, 기타는 들고 있죠?"

–기타? 있지. 근데 왜?

"아녜요. 지금 갑니다!"

A가 들어가는 코드들은 대충 잡을 수 있게 됐지만, 아직 갈 길이 멀었다. 민호는 이상건의 기타를 한 번 더 쳐보면 기타 연주에 또 다른 길이 보일지 모른다는 생각에 서둘러 대기실을 벗어났다.

활기로 가득한 홍대의 거리는 사람으로 바글바글했다. 민호는 청춘남녀로 북적대는 사이를 지나며 여기저기 눈요기를 했다.

트인 안목 덕에 지나는 사람들 하나하나의 패션감각이 남달라 보였다.

"여긴 밤에 사람이 더 많아."

단지 거리를 걷고 있음에도 요즘 유행하는 트렌드를 한눈에 볼 수 있었다. 거리 곳곳마다 한 자리씩 차지하고 길거리 공연 중인 이들 덕분에 사방에 경쾌한 음악 소리가 가득했다.

민호는 메모했던 주소지인 'Once'를 찾았다.

치킨집 지하에 있다고 들은 단서를 대조했다. 그런데 눈에 보이는 카페가 정말 많았다. 어림잡아도 수십 개인데 제각기 출연하는 인디가수가 다르다고 하니 경쟁이 치열할 터.

그 가운데서도 이상건은 인디 최고라는 평가를 받는 실력파였다. 애장품을 가진 만큼 보통 실력이 아닌 것이다.

'보면 알 거라고 했는데…… 아! 저기다.'

민호의 눈에 '돼지의 종말'이라는 간판을 단 치킨집이 눈에 들어왔다. 이색 간판들이 넘쳐나는 홍대에서도 좀 특이하다 할 수 있는 이름이었다. 줄까지 서 있는 것이 꽤 맛집인 듯 보였다.

그 건물 지하로 이어지는 공간이 바로 이상건이 평소에 연주한다는 라이브 카페 'Once'였다.

PC방이라면 전국 곳곳을 두루 섭렵했지만, 이런 곳은 민호 역시 생경한 곳이었다. 왠지 다른 문물을 접하는 기분이 들어 두리번거리는 순간이었다.

'어? 이건…….'

입구로 다가간 민호는 간판에 어려 있는 조명이 묘하게 익숙한 느낌이 들어 고개를 갸웃했다. 어째 애장품을 발견하던 것과 비슷한 반짝임이었다.

'에이, 설마. 착각이겠지.'

간판을 갖고 뭘 한다는 건 쉽게 상상이 가질 않았다.

한데, 그 빛이 계속 이어졌다. 지하 계단을 내려가 떡하니 보이는 카페의 출입문. 큼직한 문 전체에 은은한 빛이 어려 있었고 유리창 틈으로 보이는 안쪽도 죄다 빛투성이였다.

물건 하나면 모를까 이만한 규모의 수량은 정말 처음 보았다.

'애장품 파티라도 있는 거야 뭐야?'

멈칫했던 손을 문에 대 보았다. 곧 모든 빛이 씻은 듯 사라졌다. 민호는 그제야 이 카페 자체가 누군가 애정을 쏟고 있는 공간임을 깨달았다.

수십 년 된 단골이 좋아하고 찾아온다면 카페 그 자체도 충분히 애장공간이 될 수 있을 테니까. 신기하기도 하고 기대도 되어 가슴이 두근거렸다. 뜻밖의 장소에서 생긴 기분 좋은 기대감이었다.

"스읍! 후우."

심호흡한 뒤, 문을 열고 안으로 들어섰다.

피아노와 드럼, 각종 악기가 자리해 있는 무대와 그것을 편안히 앉아서 관람할 수 있는 테이블들이 아담하게 놓여 있는 공간이 눈에 들어왔다. 한쪽에는 음료와 술을 파는 칵테일 바도 있었다. 매니아들 사이에서 유명하다더니 카페 자체의 분위기는 좋아 보였다.

과연 어떤 사람이 여길 좋아했기에 애장공간이 된 걸까.

"민호야, 여기!"

칵테일 바 앞에 앉아 있던 이상건이 손을 번쩍 들어 올리며 민호를 반갑게 불렀다.

"여기 앉아. 뭐라도 마실래? 여기 칵테일 전부 괜찮은데."

'윽. 술!'

"아니요, 알콜 없는 걸로요."

취화정에 잔뜩 데인 이후 당분간 술은 자제하기로 마음먹었다.

이상건이 바텐더에게 주스를 주문하는 사이 민호가 물었다.

"줄 게 뭐예요?"

"보고 놀라지 마."

이상건은 가방을 열어 통장 하나를 꺼냈다. 그리고 통장의 최근 거래 내역을 펼쳐 민호에게 내밀었다.

"전에 네가 편곡한 버전으로 낸 '꿈꾸는 청춘' 음원 수익이야. 그중 50%가 네 거고."

민호는 통장의 잔액을 확인하고 눈이 커졌다. 1억 가까이 되는 숫자가 찍혀 있었다. 그러나 액수보다 놀라운 것은 조금 전에 들은 이상건의 말이었다.

"형이 작사, 작곡하고 형 혼자 부른 건데 저한테 50%나 줘요?"

이상건이 물론이라며 고개를 끄덕였다.

"네 덕이니까. 아무 소리 말고 계좌나 불러. 바로 이체해 줄게. 지금 그건 첫 달 정산이고, 아직도 순위권에 있으니까 다음 달에도 많이 나올 거야."

혼자 가져가도 이상하지 않을 돈을 이렇게 딱 잘라 나눠 준다는 건 보통은 하기 힘든 일이다. 민호는 이상건의 순박해 보이는 웃음과 마주하자 다른 말을 꺼낼 수가 없었다.

이상건이 휴대폰에 한 장의 사진을 띄웠다.

"10년 동안 내 뒷바라지하며 고생한 여자친구야. 너한테 못난 남친 도와줘서 고마웠다고 꼭 전해 달래."

사진 속 그녀는 이상건과 비슷한 웃음을 짓고 있었다. 이 커플의 행복에 자신이 살짝 기여했다는 사실에 민호는 왠지 모를 뿌듯함이 일었다. 좋은 사람을 알게 되었다는 기쁨도 컸다.

"프러포즈 성공하면 결혼식 꼭 와."

"그거야 당연하죠."

주스를 마시며 밀린 얘기들을 하다 보니 시간은 훌쩍 지나갔다. 그사이 민호의 물음은 자연히 카페 'Once'에 대한 것으로 이어졌다.

그도 그럴 것이 애장품은 오랜 시간 사용한 물건에 마음이 깃들어 적용되는 개념이었다.

그런데 이곳은 공간 전체였다. 과연 누가 어떤 마음으로 살아야 이런 놀라운 일이 생기는 걸까.

"여긴 유난히 앤틱하네요. 이곳저곳 긁힌 흔적도 많고요."

"카페 사장님 방침이 그래. 다 추억이라고 정말 완전히 망가지지 않으면 바꾸지를 않으시거든. 최대한 수리로 때우고."

"어떤 분인가요? 유명하신 분? 왕년에 음악의 대가셨나요?"

기대에 찬 물음에 이상건이 고개를 저었다.

"말해도 아는 사람 하나 없을 거야. 그냥 음악 좋아하시는 독지가시거든. 아내분도 취미로 연주하던 분이고."

"예? 그런 것치곤 카페가 너무 대단한데……."

구석구석 은은한 빛으로 물들었던 이곳의 대단함을 그 누구보다도 여실하게 느끼는 민호였다.

"시설은 다른 곳이 더 좋아. 전통은 Once가 최고지만."

"아뇨. 애정이 딱 깃들었잖아요."

그 말에 이상건이 뺨을 긁었다.

"여기 사장님이 들으면 되게 좋아하셨겠다. 그런데 아무도 없을 때만 오셔."

"왜요?"

"나도 들은 건데 일찍 사별한 아내와의 추억 때문이래. 그래서 그분이 연주하고 좋아했던 카페 풍경을 유지하는데, 보다 보면 눈물이 나서 결국 혼자 돌아보신다고 해. 아내분이 좋아했던 것들에는 아직도 온기가 남아 있으니까."

민호는 그 이야기에 왠지 마음이 숙연해졌다. 애장품에 염원이 깃들기 위해선 그만큼 사연이 있게 마련이었다. 카페 주인의 진심과 진정이 아주 깊게 남지 않았다면 이런 공간은 만들어 지지 않았을 것이다.

'감성적이 되는 게 이 카페의 능력일지도 모르겠어.'

생각에 잠겨 있는 민호를 본 이상건이 등을 팡! 하고 쳤다.

"네가 왜 울적해하고 있어. 지금은 유쾌하게 사시는 분이야. 나중에 오셔도 흥겨운 음악을 들을 수 있게 우린 저 라이브 무대를 즐기기만 하면 돼."

그가 잔을 들자 민호 역시 주스가 든 잔을 들었다.

"그러네요. 하하!"

쨍!

소리나게 부딪친 둘은 벌컥벌컥 마셨다. 흘러나오는 음악에 어깨가 저절로 움직여졌다.

저녁 9시가 되자 카페의 테이블은 손님으로 가득 찼다. 지금부터 2시간 동안 쉼 없이 이어질 라이브 때문인데, 이것은 수많은 인디 가수들이 거쳐 간 이 카페의 매력이자 전통이었다.

민호는 10시쯤에 예정되어 있다는 이상건의 순서를 기다리는 중이었다. 그동안 이상건의 기타를 만지작거리며 전문 연주자의 스트로크 감각을 익혀볼 셈이었다.

카페 안 무대의 조명이 세팅되고 첫 라이브 주자가 올라섰다. 이상건은 무대에 자리 잡은 한 사람을 보고 놀란 표정을 지었다.

"첫 타임은 혜나 껀데. 시간대 옮겼나?"

기타 연구 삼매경에 빠져 있던 민호가 고개를 들었다. 그리고 막 마이크 앞에 선 새하얀 피부의 아가씨를 발견했다.

"혜나 언니가 사정이 생겨서 오늘은 제가 대신 나왔어요. 저는 윤이설이고, 스무 살의 가수 지망생입니다."

조명 덕분에 솜털까지 또렷하게 보이는 앳된 외모였다. 그러나 어려 보이는 것치고는 분위기에 제법 여유가 있었다. 연주 경험이 적잖은 듯했다.

윤이설은 차분한 표정으로 기타 줄을 어깨에 걸었다.

"얼마 전에 만든 곡이라 아직 덜 다듬었어요. 일상에 지친 모든 분을 위한 노래입니다."

그르릉~

잔잔한 기타 전주가 이어지고 윤이설이 노래를 시작했다. 라이브 카페에서 듣는 첫 음악이라서일까. 독특하고 울림 있는 그녀의 음색 때문일 수도 있을 것이다. 감미로운 배경음악을 듣는 기분이었다.

"귓가에 속삭이는 거 같은 노래네요."

그런 민호의 소감에 이상건이 슬며시 주위를 가리켰다.

"좋은데, 그래서 문제야."

"네?"

처음에는 집중하고 있던 사람들도 하나둘 관심을 돌려 술을 마시거나 옆 사람과 잡담을 시작하고 있었다. 민호가 듣고 느꼈던 대로 윤이설의 연주는 옅은 파스텔 색조의 음악이었다.

"문제가 있는 건가요?"

"전혀."

의견을 묻자 이상건이 고개를 저었다.

"두루두루 좋아. 그런데 넌 가사가 들리니?"

민호는 다시금 윤이설의 노래에 귀를 기울였다. 재차 들어도 좋은 목소리에 연주였다. 하지만 속삭이는 듯한 그녀의 노래는 단 1초도 뇌리에 맴돌지 않았다.

좋은데 그래서 문제라는 말이 그제야 이해됐다.

"전체적으로 괜찮은데 평이한 거였네요."

"맞아. 아무리 배경이 되는 게 음악이지만 가수까지 완전히 배경이 돼선 곤란하거든. 게다가 실력은 있는데 곡 선택이 잘못됐어."

음악 카페가 아니라 라이브 카페라는 것. 이 차이는 생각보다 매우 컸다. 라이브 무대 경력이 오래된 이상건인지라 그저 딱하게 윤이설을 쳐다볼 뿐이었다.

"첫 타자라 밝고 경쾌하게 끌어가는 게 주목받기 좋을 텐데."

"지망생이라는데 오늘 일로 상처받거나 실망하지는 않으려나요?"

민호의 우려에 이상건이 괜찮다며 웃었다.

"걱정 마. 음악 하는 사람은 관객보다도 먼저 음악에 취해 있거든. 그리고 여기 손님들은 다들 마음을 열고 들으려는 사람들이라 괜찮아."

이상건의 기타를 쥐고 있어 약간의 음악적 지식을 공유하고 있던 민호도 이 말에 고개를 끄덕여 동의했다. 그리고 다시 이상건의 기타 기술을 손에 익히기 위해 움직이려 하는데, 귀를 타고 들어온 윤이설의 멜로디가 뇌리에 둥실 떠돌았다.

돌림노래처럼 들리는 메아리였다. 누군가가 허밍을 하며

따라 부르고 있었다. 그것도 다름 아닌 테이블 위에서였다.

'저 여자는 누구지?'

꽃무늬 원피스에 둥근 챙의 모자를 쓴 작은 체구의 여성이었다. 윤이설의 언니라도 될까? 놀랍도록 닮은 분위기의 그녀는 둥글고 테가 두꺼운 안경을 쓰고 흥얼거렸다. 그러며 손으로 기타를 연주하는 자세를 잡았다.

그 순간 모자에서 토끼를 꺼내는 마술사처럼 그녀의 손에 솜사탕처럼 몽실몽실 거리는 기타가 딱 자리했다.

툭, 탁, 투둑툭, 탁.

손끝이 스트로크 대신 기타 몸통을 톡톡 치며 저절로 박자를 타기 시작한 여인. 합주하듯 함께 연주하더니 화음을 넣기까지 하였다.

맨살뿐인 멜로디에 음률의 덧옷들을 입힌다랄까?

'아! 카페 사모님이구나!'

민호가 벌떡 일어났다. 손님들로 가득한 테이블에 서서 요정처럼 춤추며 연주하는 여인. 음은 더욱 풍성해지건만 아무도 그녀를 보지 못하는 상황이었다. 이는 애장품으로 활성화하는 능력이 틀림없었다.

기분마저도 흐뭇해졌다. 결혼한 적은 없지만 사랑하는 아내의 무대와 딸의 재롱을 감상하는 듯 가슴이 따스하고 평화로웠다. 지금 이 순간, 그는 Once의 주인이며 저 여인의 든

든한 후원자의 마음이었다.

'더 해봐요. 언제든 당신의 첫 관객은 저일 테니까.'

이곳의 사장님이 이 안에 홀로 남아 어떤 그리움을 갖고 아내를 위한 연주를 계획했는지, 이제는 이해가 됐다.

끄덕.

응원과 격려를 들었음일까. 화음을 넣고 기타를 듀엣으로 연주하던 여인이 폴짝 뛰어 무대에 내려앉았다. 그리고 이번엔 스틱을 들고는 드럼을 치고 심벌을 움직였다.

츳! 치치~

환상은 그대로 환청이 되어 민호의 귓가로 박자를 입혀갔다. 그녀가 놓아둔 기타는 스스로 현을 튕기며 음률을 이어가고 있었다.

아름다운 무대의 유일한 관객이 된 민호가 눈으로 그녀의 뒤를 쫓았다.

"왜? 너는 괜찮은 거 같아?"

일어서서 윤이설을 뚫어지게 바라보는 민호에게 이상건이 물었다. 그는 라디오데이를 함께 하며 민호의 능력을 보았던 지라 지금의 반응을 그저 해프닝으로 여기지 않았다. 실제로 민호가 발을 두드리고 손가락과 고개를 끄덕이는 박자감은 윤이설의 음악과 매치가 딱 되고 있었다.

"그게 말이죠."

윤이설이 1절을 끝내고 간주를 시작하자 이번에는 신디사이저를 연주하는 여인이었다. 여기에 첼로가 중후한 음을 더하자 맥없던 노래에 활기가 생겨났다.

'우와!'

저토록 밋밋했던 음악이 이렇게 풍성해질 수 있었다니.

감동으로 몸이 부르르 떨렸다.

"이렇게 좋은데, 이렇게 멋진 음악인데 왜 반응이 없는지 모르겠네요."

"그래?"

분명히 조금 전과는 다른 대답이었다. 이상건은 민호가 지금 보고 있는 것이 가능성이자 프로듀싱임을 알고 그녀의 노래에 집중했다. 과연 이 노래에서 어떤 모습을 보고 있는 걸까.

그때 민호의 손이 들렸다. 악단을 움직이는 마에스트로처럼 손이 올라갔다가 확 내려갔다.

"여기서 드럼이라고?"

이상건이 민호의 시선을 따라 드럼 쪽을 보았다. 한껏 취해 있는 민호가 환히 웃고 있었다. 그는 몰랐다. 민호가 꽃무늬 원피스 여인의 미소를 보고 뿌듯함에 따라 웃고 있다는 것을.

챙!

2절 시작과 동시에 드럼의 심벌이 흥겨운 리듬감을 북돋았다. 동시에 바이올린이 끼어들어 하이톤을 자극하자 윤이설의 음색과 맞물려 황홀한 입체감을 만들었다.

무생물에게 생명을 불어넣는 음악의 요정처럼 그녀는 실로폰에 바이올린, 첼로까지 연주하고 마지막으로 자신의 기타 옆에서 노래했다.

'이거야 이거!'

손가락이 절로 튕겨졌다.

민호는 음과 음이 절묘하게 어울려 벌어지는 즉흥 하모니에 몸을 맡긴 채 리듬을 탔다. 어느덧 윤이설이 노래가 끝나고, 민호 혼자 열렬하게 손뼉을 쳤다.

"브라보~!"

예의상 드문드문 호응해 주던 이들이 화들짝 놀랄 만큼 홀로 만족스러운 모습이었다. 정말 고맙다며 깊이 인사한 꽃무늬 원피스의 여인이 스르르 사라졌다. 실로 꿈같은 무대였다.

이상건이 민호를 바라봤다.

"그렇게 좋아?"

"네, 즉흥연주가 가능한 세션맨이 붙으면 정말 좋은 노래가 될 것 같아요. 완벽하게 하려면 준비가 더 필요하겠지만요."

윤이설의 멜로디에 새롭게 입힌 반주의 향연에 흠뻑 취한 민호의 눈동자가 초롱초롱하게 반짝였다.

카페에 깃든 능력 덕분인지 이 노래에 어떤 것이 가미되면 더 좋게 들릴지에 대한 방법들이 마구마구 샘솟았다.

이상건은 혹시나 해서 물어봤다.

"어떤 악기 연주자면 되는데?"

민호는 환상에서 보았던 것들을 하나씩 짚었다.

"코러스 멤버 셋에 기타, 드럼, 비브라폰, 소프라노 섹소폰, 신디, 첼로, 바이올린……."

"야야, 즉흥이라며?"

터무니없어서 황당하다는 이상건의 반응에 민호가 애써서 절충점을 찾았다. 그도 그럴 것이 Once의 요정이 만든 곡은 실로 환상적이었다. 그런 음악을 뚝딱 완벽히 재현할 수는 없으니 일부 타협하기로 했다.

정말 필요한 것만 딱 추리고 추렸다.

"드럼, 신디, 첼로, 바이올린 정도? 기타는 형 정도면 충분하고요."

한껏 흥겨운 민호를 보자 이상건도 뮤지션으로서의 피가 끓어오르는 것을 느꼈다. 도대체 이 녀석은 그 곡을 두고 무얼 본 걸까? 합을 맞춰서 멋진 곡을 연주하는 그 짜릿함이라면 언제 어느 때고 환영이다.

"나 아는 밴드 형님들 있어. 여기 자주 오시는 분들이야."

"갑자기 하는 부탁인데, 시간들 괜찮으려나요?"

"어떤 뮤지션이 이런 기회를 마다하겠어? 걱정 붙들어 둬."

인디 생활 십 년 차. 이상건은 좋은 노래 세션이라면 자다가도 벌떡 일어나 달려올 음악광들에게 얼른 연락을 취했다.

윤이설은 실수 없이 깔끔하게 마지막 후렴구까지 마쳤다. 그리고 살며시 귀를 기울이다가 눈을 떴다. 카페의 분위기는 생각보다 침잠한 상태다.

'……너무 조용해.'

담담한 표정으로 끝마쳤으나 속으론 실망을 금할 수 없었다. 이 곡에 드라마틱한 멜로디가 없다는 건 알고 있었다. 한데 이렇게까지 외면받을 줄이야.

'내가 바뀌어야 하는 걸까?'

음악은 하나로 통한다는 생각만으로 시작한 길이건만, 고작 누군가의 대타로 밖에 출연하지 못하는 자신의 처지를 낙관적으로 보긴 어려웠다.

어쩌면 기획사의 오디션을 포기하고 거리와 라이브 카페를 전전하며 실력을 키우는 방법을 택한 것이 잘못된 일이었는지도 모른다.

얼굴이 예쁘니 아이돌로 데뷔하면 무조건 성공한다는 삼류 기획사의 달콤한 제안에 흔들린 적도 많았다. 하지만 그녀는 연주도 노래도 원하는 걸 직접 할 수 있는 라이브가 좋았다.

그러나 계속 이런 식이라면, 다른 사람들과 비슷한 선택을 해야 할 때가 곧 올 것이다.

'계속, 더 해도 될까…….'

그렇게 윤이설이 내심 시무룩한 심정으로 일어날 때였다.

"브라보~!"

'어?'

기타를 정리해 케이스에 넣다 관객 저편에서 유난히 큰 목소리로 손뼉을 치는 한 남자를 발견했다. 남자는 눈이 마주치자 엄지손가락까지 추켜올려 보였다.

그 모습이 과장되게까지 보여서 아는 사람이 일부러 환호하는 것마냥 어색하기 그지없었다. 그러나 분명히 모르는 사람이었고 진심으로 환호하는 표정이었다.

민망한 마음 한편으로 조금, 위로가 되었다.

"고마워요."

들릴 듯 말 듯 인사를 하고 나니 오히려 부끄러워져 고개를 푹 숙였다. 그 상태로 황급히 무대를 내려오다 발이 꼬여 꽈당 넘어지고 말았다.

소리가 제법 크게 났지만 하나도 아프지 않았다. 나중엔 아플지 모르지만, 지금은 그랬다.

'망했어어~!'

무대에서만 차분하지 평소에는 허당끼가 다분한 그녀인지라 새빨개진 얼굴로 손님들의 시선을 회피해야 했다. 그나마 손님 대부분 다음 무대를 준비하는 라이브 참가자 쪽을 바라보고 있어 다행이었다.

'괜히 언니 무대 대신 서겠다고 했나 봐.'

창피함에 질끈 감았던 눈을 살짝 뜨고는 얼른 탈출구를 찾았다. 그리고 서둘러 카페를 나가려는데 앞을 누군가가 가로막았다.

"윤이설 씨, 잠시만요."

머리가 툭 하고 부딪혀 고개를 들어 올렸다.

훤칠한 키의 젊은 청년이 밝은 웃음과 함께 인사를 건네 왔다. 자신의 노래에 환호해 주던 그 남자였다. 고맙긴 하지만 특이한 사람이기도 해서 그녀는 살짝 움츠린 채로 물었다.

"왜 그러시죠?"

"아, 저는 강민호라고 해요. 방금 무대 정말 잘 들었어요."

민호는 윤이설이 긴장한 눈길을 풀지 않았기에 턱을 긁적였다.

"제가 하는 말 오해하지 말고 들어 주세요. 이설 씨가 작곡한 그 곡, 제대로 한번 불러 보실 생각 없어요?"

"제대로요?"

무슨 말일까? 객석 반응이 조금 냉담하긴 했지만, 실수 하나 없이 제대로 잘 불렀는데 말이다.

'혹시 사기꾼?'

스타로 만들어주겠다던 삼류 기획사처럼 감언이설로 낚으려는 건 아닐까. 의심과 함께 살짝 긴장하는 그녀에게 민호가 손짓 발짓을 동원해서 이야기했다.

"드럼이 둠칫둠칫 깔리고, 신디가 부드럽게 코드 잡아주고. 여기에 바이올린, 첼로가 지잉~ 들어가면 정말 훌륭한 곡이 될 거예요. 어때요?"

어설픈 비트박스처럼 악기 소리를 내면서까지 메시지를 전달하려는 남자였다.

윤이설은 두 눈을 열정적으로 빛내며 이야기를 꺼내는 민호를 보며 놀랐던 가슴을 쓸어내렸다. 거리 공연을 자주하다 보니 알게 된 것이지만, 불순한 의도를 갖고 접근한 사람과 순전히 음악에 관심 있어 말을 붙이는 사람은 눈빛부터 차이가 났다.

저 남자는 누가 봐도 후자.

"그런 악기를 넣을 수 있으면 좋겠지만, 저는 보시다시피 이거 하나밖에 연주할 줄 몰라요."

윤이설이 등에 맨 기타 케이스를 툭 쳤다. 민호는 씩 웃으며 뒤쪽을 가리켜 보였다.

"걱정하지 마세요. 상건이 형이 연주자 섭외해 주신다고 하셨으니까."

자신을 소개하는 걸 보았는지 바에 앉아 있던 이상건이 윤이설을 보며 꾸벅 인사했다.

"이상건 선배님이요?"

윤이설의 눈이 당황으로 물들었다. 이상건이라면 그녀도 잘 알고 있는 인디계의 실력파 뮤지션이었다. 요즘은 메이저를 넘보고 있을 만큼 주가를 올리고 있었기에 그녀로서는 얼떨떨할 수밖에 없었다.

"왜 저를 도와주시겠다는 거죠?"

"음악이 좋잖아요. 그럼 된 거죠."

천진난만한 그의 말이 그녀의 심장을 쿵 하고 울려왔다.

음악이 좋다.

기획사니 관객의 반응이니. 음악 외적인 것에만 신경 쓰고 지내온 요즘, 완벽히 잊고 지냈던 말. 저 남자가 가진 왠지 모를 엉뚱함이 음악을 배우며 느꼈던 열정의 순간들을 새록새록 떠올리게 하였다.

"어때요? 한번 해볼래요?"

윤이설은 민호와 이상건을 번갈아 보았다. 솔직히 이 두 사람이 무슨 이야기를 하는지 모두 이해한 상태는 아니었다. 갑작스러웠고 당황스러웠으니까.

하지만 음악과 열정이라는 공감대가 가슴 한편을 따스하게 했다. 기대감으로 두근거렸다.

"좋아요."

고민은 길었지만, 결정은 빨랐다.

❋

"여어~ 니가 걔냐?"

낮고 걸걸한 목소리가 성큼 방을 휘감았다. 입장하는 순간부터 사뭇 다른 공기를 끌어안고 확 풀어놓는 분위기의 사람들이었다.

'세션하는 형님들 포스가 장난 아닌데?'

민호는 카페 뒷방의 라이브 출연자 대기실에 모여 앉은 여섯 사람을 둘러봤다.

보컬에 윤이설. 리드기타에 이상건. 그리고 이상건이 섭외한 네 명의 세션맨들.

"화면도 좋지만, 실물이 훨 나은데?"

"……형님. 여자애 말고 걥니다."

세션맨 중 한 사람의 말에 이상건이 민호를 가리켰다.

"아, 그러냐. 여긴 뒷방 아니랄까 봐 왜 이렇게 어두워?

"그러니까 실내에선 벗으시라니까요. 뭔 밤에 잠자리 선글라스를 쓰셔서는."

"사나이 자존심이야. 건들지 마라."

민호는 앉아 있는 것만으로도 '우리 예술하는 사람이야'라고 말하는 듯한 네 명의 세션맨을 천천히 살폈다. 이상건이 저들 밑에서 음악을 배웠을 만큼 인디에서도 최상급 실력으로 인정하는 연주자들이었다.

나이 대는 마흔이라 들었는데 그 정도로 보이는 사람은 아무도 없었다. 음악 꾸준히 하면 젊게 살 수 있다더니 그 말이 딱인 듯 보였다.

처음 엉뚱한 곳을 보았던 남자가 비로소 민호를 향했다.

"상건아. 네가 그렇게 입에 침이 마르도록 칭찬하던 애가 얘 맞지?"

"네, 형님."

선글라스를 끼고 있는 신디 연주자, 심대휘가 민호를 위아래로 훑었다. 민호는 허리를 숙이며 정중히 인사했다.

"잘 부탁드립니다."

"그래, 실력 좀 보자."

심심해 미칠 지경인 것만 같아 보이는 심대휘와 다른 세션맨들의 얼굴에는 과연 민호가 어떤 식으로 프로듀싱할 것인지에 대한 기대감이 배어 나왔다.

그 눈빛들이 부담으로 작용할 법도 하건만 민호는 오히려 흥분에 불타올랐다. 윤이설의 노래가 어떤 식으로 완벽하게 구성될지 머릿속에 선연하게 그려진 탓이었다.

민호는 일단 이상건을 가리켰다.

“이 노래의 시작은 상건이 형이 중요해요. 드럼이 엷게 들어가고 첼로가 깔리고 바이올린이 시작되면 리드 기타 부분부터 전혀 다른 사운드로 변해야 하니까요. 형, 기타 잠깐만 줘봐요.”

민호는 이상건의 기타를 받아 들고 머릿속으로 흥얼거리던 반주 멜로디를 튕겨 보였다. 그것을 보고 있던 심대휘의 눈이 빛났다.

“기타 치는 게 어째 상건이랑 느낌이 똑같네.”

“말씀드렸잖아요, 실력 좋다고.”

두 사람이 자신을 평가하든 말든 정신없이 곡의 구성을 생각하던 민호는 곧바로 다음 진행을 말했다.

“리드기타가 사라지면 1절이 시작되고, 윤이설 씨 목소리와 선배님의 신디가 어울려야 합니다.”

민호의 말이 끝나기 무섭게 심대휘는 알겠다는 듯 신디를 눌러 멜로디를 덧붙였다. 민호가 손가락을 탁 튕겼다.

“그거예요!”

심대휘가 피식 웃었다.

“아까 대충 들어보니 곡은 괜찮았어. 누가 만든 거라고 했지?”

“저, 저예요.”

갑자기 지명당한 윤이설이 고개를 숙이며 몸 둘 바를 몰라했다.

"정말 자네가 작곡했어?"

"네."

심대휘는 곡을 되뇌더니 민호를 보고 슥 웃었다. 그리고 윤이설에게 환한 웃음을 보이며 말했다.

"브라보. 좋아좋아. 능력 좋아."

"감사해요, 선배님."

심대휘가 이상건의 옆구리를 쿡 찔렀다.

"이 녀석은 이설 양 나이 때 기타 코드도 제대로 못 외웠어. 여자 전화번호만 귀신같이 외웠지."

"에이, 형님! 그건 아니죠!"

이상건이 발끈하자 세션맨들 사이에서 폭소가 터져 나왔다. 매번 이렇게 놀리는지 무척 익숙해 보였다. 웃음이 잠잠해질 무렵, 심대휘는 옆에 앉아 있던 세션맨들을 향해 입을 열었다.

"어쨌거나 노래도 괜찮고 이 친구 프로듀싱 방향도 마음에 들어. 오래간만에 재밌는 무대가 되겠군."

세 명의 연주자도 고개를 끄덕이며 민호를 신뢰하기 시작했다.

이후부터는 일사천리였다.

첼로 연주자와 바이올린 연주자는 원래부터 함께 클래식

연주를 하던 사이인 터라 손발이 척척 맞았다. 두 사람이 즉흥적으로 가미한 멜로디를 따라 원곡에 풍성한 화음이 갖춰졌다.

민호는 스네어 하나로도 리듬감 있는 박자를 선보이고 있는 드럼 연주자에게 엄지를 추켜올렸다.

“간주가 끝나고 요 포인트에서만큼은 비트가 크게 때리고 들어와야 합니다.”

“이런 식?”

실로 척! 하면 착! 이었다. 실력자와의 대화는 감흥으로 두루 통했다.

“좋습니다, 좋아요.”

드럼 연주자의 동작을 따라 허공에 스틱을 두드리던 민호. 처음부터 한 밴드였던 것처럼 그의 신호를 따라 모두들 한마음으로 연주를 이어 나갔다.

합을 맞춰 노래를 부르고 있던 윤이설은 마법처럼 이어지는 민호의 놀라운 프로듀싱 센스에 그저 감탄할 뿐이었다. 이렇게 기분 좋은 웃음이 나오는 음악을 했던 적이 전에도 있었나 싶을 정도였다.

“이 정도면 됐습니다.”

곡의 구성이 마무리되자 민호가 말했다.

“마지막으로 드릴 말씀은 하나뿐이에요. 그냥 즐기세요.”

"젊은 친구가 알긴 제대로 안단 말이야. 좋아, 풀어놓고 즐겨보지."

심대휘가 척 손을 올리자 모두의 손이 짝을 이뤄 하이파이브했다.

카페 Once의 라이브 무대.

갑자기 무대 위가 꽉 찰 만큼의 인원이 들어섰다. 이곳에서 밴드 수준의 인원이 연주하는 건 좀처럼 보기 어려운 이벤트기에 손님들의 시선이 집중됐다.

이상건은 마이크를 붙잡고 먼저 양해를 구했다.

"원래는 제 순서지만 여러분께 진짜 괜찮은 노래 하나 소개해 드리고 싶어서 이분들을 모셨습니다. 아쉬워하실 필요 없어요. 강민호라고 제 노래 편곡해 준 친구가 이 곡을 직접 프로듀싱했거든요."

뒤에 있던 심대휘가 목소리를 높여 끼어들었다.

"상건이 네 노래는 하도 들어서 다들 지겨워해. 너만 아쉬운 거야."

"정곡이다, 정곡!"

"역시 가차 없이 돌직구십니다!"

단골손님들이 특히나 크게 웃는 사이 이상건이 연주자들을 가리켰다.

"방금 얘기한 분 여러분도 잘 아시죠? 이 카페의 죽돌이 4인방 중 하나, 신디리스트 심대휘입니다."

이상건은 심대휘를 필두로 남은 세션맨들을 차례대로 소개했다. Once의 터줏대감이나 마찬가지인 그들의 등장에 휘파람과 환호가 동시에 일었다. 그리고 바로 옆에 서 있는 윤이설을 가리켰다.

"첫 순서로 노래를 불렀던 윤이설 양입니다. 맞아요, 여러분이 별로 반응 없었던 그 곡을 다시 들고 나왔습니다. 어떻게 좋아졌는지 한번 들어 보세요."

이상건이 기타를 메고 물러나자 손님들의 시선이 모두 윤이설을 향했다.

마이크 앞에 선 윤이설은 한차례 심호흡을 했다. 긴장 때문인지 마이크를 붙잡은 손이 서서히 떨려왔다. 실감이 뒤늦게 확 된 것이다.

세상에, 저분들이 내 노래를 함께 연주한다니!

갑자기 입이 바짝 말랐다. 마른침이 삼켜질 만큼이었다.

'괜찮아. 뒤에서 연습할 때는 실수 안 했잖아.'

이렇게 위안을 삼아도 두 시간 전에 실패했던 무대를 다시 선다는 건 상당한 부담감이었다. 함께한다는 것의 즐거움도 있지만 함께하기에 미안하고 불안할 수 있다는 걸 오늘 처음 느꼈다. 실수에 대한 두려움이었다.

다시금 심호흡했다. 잘해보자며 다독였다.

“들려드릴 곡의 제목은 ‘다시 한 번’. 일상에 지친 모든 분을 위한 노래입니다.”

그녀는 손님들 사이에 서 있는 민호와 눈이 마주쳤다. 자신의 노래에 처음으로 브라보를 외쳐준 사람. 첫 팬이자 이상한 남자다.

“음악이 좋잖아요. 그럼 된 거죠.”

맞다. 그럼 된 거다.

잔뜩 기대하는 눈길로 자신을 바라보고 있는 그에게 좋은 라이브를 들려주고 싶다는 생각이 들자 떨림은 거짓말처럼 멈췄다.

‘후아~ 가자!’

그르릉~

통통 튀는 기타 음과 함께 시작된 노래. 윤이설의 독특한 음색에 이상건의 리드미컬한 반주가 첨가되자 ‘다시 한 번’의 멜로디는 시작부터 모두의 이목을 사로잡았다.

드럼의 경쾌한 박자에 신디의 부드러운 코드가 깔렸을 때는 절로 어깨를 들썩이는 손님들이 생겨났다.

바이올린과 첼로가 모두의 귓가에 황홀경을 선물할 즈음,

카페 안에 앉아 있는 사람은 단 한 명도 없게 됐다.

지켜보고 있던 민호의 입가에도 만족스런 미소가 피어올랐다.

"캬, 노래 좋다."

"대박. 저 미모에 노래까지 잘한다고? 장담하건대 뜨는 건 시간문제야."

"직캠 찍어 놨는데 올릴까?"

"올려올려!"

윤이설의 라이브가 끝났음에도 손님들의 열기는 식을 줄을 몰랐다.

민호는 라이브를 끝내고 둘러앉아 담소를 나누고 있는 이들 쪽으로 고개를 돌렸다.

"상건아. 너 이제 이 동네 카페는 페이가 안 맞는다며? 야, 출세했다."

"아직 그 정도는 아니에요, 형님."

"방송 출연 많이 하는 건 좋은데 여기도 가끔 오고 그래. 오늘처럼 연주하면 얼마나 좋냐? 이설이 같은 보물도 발견하고 말이야."

심대휘의 칭찬에 몸을 돌려 주스를 넘기고 있던 윤이설이 사레가 들려 켁켁거렸다.

민호는 피식 웃으며 냅킨을 건넸다.

"천천히 먹어요."

"고, 고마워요."

윤이설은 민호를 흘끔거리다 그가 돌아보자 다시 고개를 돌려 주스 잔에 시선을 고정했다.

시계를 살펴본 민호가 말했다.

"저는 이만 가봐야 할 것 같네요."

밤 11시 30분. 하품이 나고 피곤한 것이 슬슬 숙소로 돌아가야 할 시간이었다. 민호는 자리에서 일어나 심대휘와 세션맨들에게 차례로 인사했다.

"연주 최고였습니다. 다음에도 들으러 올게요."

"그래, 자네도 고생 많았어."

이상건은 나중에 전화할게 라는 동작을 보이며 손을 흔들었다. 민호는 고개를 돌려 눈이 마주친 윤이설에게 엄지를 보이고는 카페 밖으로 걸어 나갔다.

"아, 저기……."

윤이설은 민호를 보며 우물쭈물 말을 꺼내지 못했다. 그런 그녀를 지켜보고 있던 심대휘가 넌지시 말했다.

"저런 프로듀서 만나기 힘들다. 따라가서 전화번호라도 받아 놔."

"번호야 제가 알려주면 되죠."

이상건을 보며 심대휘가 한심하다는 듯 혀를 끌끌 찼다.

“네가 그러니까 제수씨가 만날 눈치 없다고 구박하지.”

심대휘는 사라진 민호 쪽을 가리켰다.

“척보면 감이 와. 저런 타입은 어디 하나에 꽂히면 다른 건 신경을 잘 안 써. 그럼 옆에서 자꾸 얼굴을 비춰 줘야 관심을 갖거든.”

윤이설은 결심을 굳히고 기타케이스를 어깨에 멨다.

“오늘 도와주신 것 정말 감사드려요. 앞으로도 열심히 하겠습니다, 선배님!”

“그래그래.”

그녀의 인사에 심대휘와 세션맨들이 흐뭇한 표정으로 손을 흔들었다. 윤이설은 카페 밖으로 냉큼 달려 나갔다.

카페를 벗어난 민호는 치킨집 ‘돼지의 종말’ 앞을 지나치다 걸음을 멈췄다. 게임도 이겼는데 한턱 쏘지 않는다고 성화를 부릴 후배 녀석들의 한탄이 들려오는 듯했다.

‘가람이는 특히 배불리 먹여 놔야 코를 덜 골아.’

야식으로 치킨이라도 사가야겠다는 생각에 외부의 주문대로 다가간 민호는 테이크아웃으로 다섯 마리를 주문했다. 그러다 카페 입구에서 기타를 짊어진 윤이설이 급하게 튀어나온 것을 발견했다.

'집에 가는 건가?'

윤이설은 주위를 두리번거리더니 거리 쪽으로 달려 나갔다. 하긴, 저리 서두를 만큼 밤이 늦기는 많이 늦었다.

"이설 씨, 잘 가요!"

민호는 별생각 없이 가게 앞을 지나치는 윤이설을 향해 손을 흔들었다.

"어?"

뛰어가던 윤이설이 그 소리에 깜짝 놀라 고개를 돌렸다. 그 와중에 발이 걸려 바닥에 풀썩 자빠지고 말았다.

"꺅!"

'저런.'

아프게 넘어진 건 아니나 상당히 쪽팔릴 상황이었기에 민호는 얼른 다가가 일어나는 걸 도와주웠다.

"미안해요, 괜히 불러서."

윤이설은 얼굴이 홍당무가 된 채로 고개를 도리도리 흔들었다. 그리고 기어들어 가는 목소리로 말했다.

"벌써 가셨으면 어쩌나 했어요."

시선을 푹 숙인 윤이설이 말을 이었다.

"언제 제가 만든 다른 노래도 들어 주실 수 있어요?"

"네? 으음……."

듣는 거야 어렵지 않았으나 아까와 같은 프로듀싱 비슷한 걸 하려면 제한이 있었기에 민호는 잠시 고민했다.

"요 카페에서라면 언제든지요."

"진짜요?"

고개를 든 윤이설이 활짝 웃으며 민호의 손을 덥석 잡았다. 그러다 자신의 과감한 행동에 움찔 놀라 다시 손을 놓았다.

"죄, 죄송해요."

무대에서는 그리 차분하더니 내려와서는 천상 수줍음 많은 여동생이었다. 생기 넘치는 서은하나 털털한 오소라와는 다른 느낌으로 예쁘달까?

"제가 훨씬 어리니 편하게 부르세요, 오빠."

민호는 속삭이듯 부르는 오빠라는 말에 마음이 사르르 녹아내리는 것을 느꼈다. 익숙한 단어인데 들으면 기분이 괜히 좋아진다. 적어도 오빠 급으로 인정받고 있다는 묘한 착각이랄까.

"그럴까?"

무대를 준비하며 꽤 친근해졌기에 앞으로도 종종 연락하며 지낼 수 있을 것이다.

"전화번호 알려주실 수 있어요?"

윤이설이 휴대폰을 꺼냈다.

"그럼, 그럼."

번호를 불러주자 바로 품에서 휴대폰이 벨소리를 울렸다.

서로 저장을 끝마치니 윤이설이 꾸벅 고개를 숙였다.

"오늘 고마웠어요, 민호 오빠. 귀찮게 연락드리더라도 꼭 받아주세요."

"그럼, 그럼."

윤이설이 손을 흔들며 거리 저편으로 사라졌다.

민호는 그저 흐뭇하게 윤이설을 지켜보았다. 귀여운 여동생이 있으면 딱 저런 느낌일까? 아무튼, 나쁘지 않았다.

"치킨 나왔습니다."

주문한 치킨을 기다렸다 손에 쥔 그는 가벼운 발걸음으로 숙소로 향했다.

단꿈을 꿀 것만 같은 밤.

민호는 윤이설의 '다시 한 번'을 콧노래로 흥얼거리며 홍대의 밤거리를 걸었다.

---

Space : 라이브 카페 Once.

Effect : 카페 주인의 아내. 그녀의 음악적 성향과 꼭 닮은 뮤지션에 한하여 곡을 프로듀싱해 준다.

# 11.

# 일상, 일, 그리고……

'일상에 지친 모든 분을 위한 노래입니다'라는 멘트에 이어 펼쳐진 공연 동영상은 잔잔한 변화를 야기했다.

한창 인기몰이를 하던 이상건에게 날개를 달아주었고 윤이설이라는 무명의 가수를 '홍대여신'으로 주목받게 한 것이다.

라이브 카페, Once는 지나친 손님이 몰려 한바탕 난리통을 겪기도 했다. 윤이설에게 러브콜이 쏟아졌고 그런 그녀의 계약은 '사계절' 형님들의 감시하에 매우 안전하게 이뤄졌다. 대형 기획사보다는 가수 한 명 한 명에게 집중할 수 있는 중소 기획사를 택한 것도 그 탓이었다.

분명 홍대여신을 불렀는데 기획사에 덩치 좋은 형님들이

등장해서 일어난 해프닝도 대단했다고 한다.

–오빠도 보셨어야 했어요. '우리 여동생 등쳐 먹으면…… 알지?' 하시는데, 거기 실장님이 사색이 됐었거든요.

윤이설은 그 이야기를 하며 그야말로 배꼽이 빠지라 웃었다. 얘기보다 키득거리는 웃음이 더 많을 정도였다.

"대휘 형님은 거기서도 선글라스 쓰셨어?"

–어디서도 안 벗으세요.

"이야~ 철학 있으시네."

근육질의 팔에서 그토록 섬세한 연주가 나온다는 게 다시 생각해도 신기했다. 민호는 윤이설과 통화하며 침대에 누워서는 그때의 공연을 회상했다. 그러다 그녀의 말을 듣고는 벌떡 일어났다.

–그리고 수익 말인데요. 전 더 드리고 싶은데, 오빠들이 70%는 너무 많다고 하셔서, 좀 낮춰야 할 거 같아요. 미안해요.

"뭐?"

마음은 고맙지만 정말로 터무니없는 소리였다. 세상 경험을 덜해서 그런지, 고마움이 커서 그럴는지 모르지만 지나쳐도 너무 지나쳤다. 민호가 웃으며 그녀를 만류했다.

"에이. 그냥 살짝 거든 건데 뭐. 말도 안 되는 소리 마. 게다가 나 생각보다 좀 벌어."

–그럼 저작권은…….

"잔말 말고 넣어 둬. 음~ 아니다. 그냥 고기 한번 사주고 땡 쳐도 돼."

–네! 그럼 매달 외식은 제가 책임질게요, 오빠.

"엉?"

그때 휴대폰으로 부산스러운 소리가 들려왔다. 문이 열리고 윤이설은 누군가 대화하는 듯했다.

–어? 엄마? 아이참. 노크는 하고 들어오셔야죠! 지금 우리 민호 오빠랑…… 헉! 다, 다음에 봬요!

"어? 어, 그래."

얼결에 답하다 보니 전화가 뚝 끊어졌다.

괜히 귀를 긁적이던 민호는 잠자기 좋은 책, 가람이가 맨날 베개라고 놀리는 정치발전론을 펼쳤다. 놀랍게도 전공서적의 약효는 조금도 줄지 않아 5분 만에 숙면을 취할 수 있었다.

민호의 일상은 다음 날에도 똑같이 이어졌다.

게임 연습을 하고 전략이나 다른 플레이어들의 영상을 분석하는 일. 여가로 악기를 연주하고 책을 힘겹게 보는 정도였다.

Once의 화제에서 한발 빗겨선 이유는 영상에 강민호에 대한 소개 부분이 빠져 있기도 했고 윤이설과 이상건이 더욱 인기 있는 탓이었다. 대신, 대중은 몰라도 음악인들 사이에서는 민호의 이름이 깊이 각인되고 있었다.

그러나 잠잠한 시간은 오래지 않았다. 청춘일지가 방영되는 순간, 민호의 휴대폰이 연신 울리기 시작한 것이다.

–띠리리릭.

곤히 자는데 알람보다 빨리 벨소리가 울렸다. 묵음으로 처리하고 마저 자려고 하니 이번에는 방문이 벌컥 열리는 것이 아닌가.

"선배님!"

주말 아침, 가람이가 곤히 자는 민호를 깨웠다.

"군대에서 그런 것도 배웠어요? 근데 보직에 경운기 운전병이 따로 있나?"

"으~ 짜식이, 갑자기 뭔 소리야?"

"지금 선배 기사가 잔뜩 떴다고요. 빅뉴스!"

제 일처럼 흥분한 후배의 소란스러움에 민호가 어쩔 수 없이 일어났다. 가람은 자신의 노트북을 가져와서 민호 앞에 인터넷 창을 보여주었다.

《농촌 최강 예능, 청춘일지! 펜타스톰이 접수한다!》

[투데이 예능] 투덜이 이도진과 아이돌계의 일곱 요정이 고군분

투하는 리얼 체험 예능, 청춘일지에 최강자가 떴다. 인기 e스포츠 펜타스톰의 프로게이머, 강민호. 그가 누구도 하지 못한 경운기로 제작진의 미션을 유유히 농락한 것이다.

예능 새내기인 강민호는 김선화, 윤승지, 구하연, 오소라와 한조를 이룬 축사 팀에서 헛도는 듯했다. 그러나 미친 존재감을 자랑한 그의 한 수가 있었으니 바로 이장님의 경운기였다. 제작진 측은 능숙한 그의 운전에 당황했고 결국 청춘일지의 후반부는 파티와 걸세븐의 춤 대결로 채워졌다.

한편, 예고편의 녹두전과 제작진의 공격, 개울 바캉스를 본 네티즌들은 강민호의 팔색조 같은 매력에 큰 관심을 보였다. 고등학교 동창 A씨는 '다 가짜. 저 녀석은 라면도 못 끓였었다', '방송이 다 짜고 치는 거지', '경운기는 개뿔'이라고 댓글을 남겼다가 뭇매를 맞기도 했다.

박민우 기자 minaw@ytspeed.com

【청춘일지, 일일 게스트 강민호. 경운기 운전으로 미친 존재감 발휘】

【나 PD, '민호 씨 덕분에 된장국 먹고 밭일할 뻔'】

【'현우, 그냥 투어에서 안 돌아 왔으면' 이도진 강민호에 무한한 애정 드러내】

【충격! 구하연의 강민호 앓이?】

【오소라. 강민호는 좋은 소속사 오빠라고 밝혀.】

–경운기?? ㅋㅋ. 미친다 미쳐. 강민호 저거 이장 손자 아니야?
–울 민호 오빠 퀴즈쇼 우승도 했어요. 농사는 취미로 하시는 거구요. 소똥 치울 때 집중하는 얼굴 완전 멋지져? 에헤♡♡~
–저거 다 짜고 하는 거 모르시나? 기획사에서 밀어 주려고 경운기 운전자 몰래 섭외했구만. 기계로 후딱 갈아버리는 게 뭐가 대단하다고 난리?
ㄴ강민호가 경운기 직접 시동 거는 거 못 보심? 저게 보기에는 간단해 보여도 몽키 끼워서 단번에 못 돌리면 털털대다 안 걸림. 팔만 아파요. 강민호 최소 농촌 출신임.
–아니, 고작 텃밭 하나 맹그는 거 다들 왜 이리 힘들어 해.
ㄴ야지를 밭으로 만들어보겠습니다. 우선 풀들을 제초합니다. 중간중간 안 잘리는 굵은 건 낫으로 해결합니다. 그 다음은 가볍게 갈아엎습니다. 풀뿌리와 돌을 제거하기 위함이죠. 제거가 끝나면 이번에 깊게 갈아엎습니다. 그럼 큰 돌들이 중간 중간 나타나게 됩니다. 끝인 거 같죠? 아닙니다. 퇴비를 가져옵니다. 골고루 두툼하게 뿌려줍니다. 그리고 또 깊게 갈아 퇴비가 섞이게 합니다. 신기하게도 돌은 계속 나옵니다. 다 섞었다면 밭에 골을 내줍니다. 이제 끝났습니다. 하지만 작물의 종류에 따라 비닐로 덮는다든지 하우스를 짓는다든지 일이 많습니다.

ㄴ이, 이장님??

민호는 졸린 눈 비비며 기사를 읽었다.

'어? 날 좋아한다고?'

그렇게 '충격! 구하연의 강민호 앓이?'를 눌렀다가 '덕분에 그날 꿀잠 잤어요~' 하는 인터뷰를 보고는 '뒤로 가기'를 눌렀다.

기사 밑 댓글란에는 '파닥파닥', '에이 기레기!', '낚일 줄 알면서 눌렀어' 하는 같은 피해자들의 흔적이 남아 있었다.

'그래도 열심히 촬영한 보람이 있는데?'

자신과 관련된 기사가 가장 많고 시청률도 평소보다 잘 나왔다. 시간대를 보니 어젯밤 방영 직후에는 포털사이트 검색어가 순간적으로 1위까지 치솟았었다. 여러모로 흐뭇한 이야기들이었다.

내심 좋아하고 있던 민호에게 가람이 자신의 큼직한 머리를 들이밀었다.

"뭐, 뭐냐? 너."

"저기, 선배님. 녹두전 좀 해주세요!"

"그게 뭔 소리야? 가만…… 야, 녹두전은 다음 주 거잖아."

고작 예고만 나갔는데 벌써 야단법석이람?

"에이. 각종 커뮤니티 게시판에는 벌써 쫙 퍼졌다고요."

그런 민호에게 가람은 율치리 마을 카페를 접속해서 보여주었다. 그곳에는 노릇노릇하게 잘 구워진 녹두전과 막걸리로 축제를 벌이는 율치리 어르신들, 재료를 나르는 스태프의 사진이 있었다. 후기로도 '민호 청년, 잘 먹었어' 하는 어르신들의 손글씨가 올라온 상태였다.

"방송 못 봐도 딱 나오잖아요. 녹두전으로 대박이었단 거. 헤헤. 기막힌 그 녹두 좀 보여주세요."

그 말에 어이가 없어진 민호가 가람에게 손짓했다. 그리고 다가온 녀석의 머리에 꿀밤을 냅다 먹였다.

"악!"

"짜샤. 잠 잘 자는 형님 깨워서는 뭐가 어째? 전 부쳐달라고?"

율치리 카페에 나온 녹두전 비주얼이 실로 기막히긴 했지만 그래도 이건 아니다 싶었다.

"그게 너무 먹고 싶어서……."

가람은 민호의 눈치를 살피다 재차 졸랐다.

"아, 좀 해줘요!"

"시끼! 딱 두 대만 맞고 끝내자."

침대 이불을 확 걷고 일어나자 머리를 감싸 쥔 가람이 냅다 방문을 튀어 나갔다.

"이 고문관 같은 녀석. 이리와. 어딜 도망가?"

"으아악!"

베개를 집어서 뒤를 쫓았다. 그리고 도망친 가람이를 찾아 두리번거리는데, 숙소의 분위기가 어수선했다. 거실의 식탁에 가득 올라온 봉투들. 녹두가루에 고추, 파, 식용유, 튀김가루, 부침가루 등 별별 것이 다 있었다.

"민호 형님, 기침하셨나이까?"

"선배님, 기체후 일향만강 하시옵니까?"

후배들이 90도로 허리 숙여 인사했다.

"일향만강? 뭔 개수작들이야?"

민호는 낯 뜨거울 정도의 공손함에 어안이 벙벙해졌다. 감독님이 출동해도 이러지 않는 것들이 갑자기 왜이래?

그때 현관문이 열리며 철순이 들어왔다. 막걸리를 한 아름 사서 들고 오는 상태였다.

"확실히 선배님은 가람이가 기막히게 깨우네요. 하하. 여기 재료 다 공수했습니다요~"

"요리사만 오시면 돼요. 몸만 오세요!"

"녹두전 재료 다 있슴다. 헤헤. 저희도 좀 부쳐 주세요."

하나같이 강아지처럼 꼬리를 흔들고 헥헥거리는 모양새였다.

잠옷 차림의 민호가 좌중을 훑었다. 그러다 식탁 뒤에 뱃살이 볼록 나와서 숨지 못한 가람이를 발견하고 물었다.

"네가 모았지?"

"어제 예고편에 나온 녹두전 먹방 보고 다들 먹고 싶어 했거든요. 그렇지?"

가람의 말에 다들 뭔가에 홀려 있는 것처럼 '그래그래' 하며 고개를 끄덕였다. 주범은 역시나 식탐대마왕인 가람이였다. 아침 댓바람부터 재료까지 이리 준비한 것을 보면 진짜 먹고 싶었나 보다.

"귀찮아. 나 함부로 요리하고 그런 사람 아니다."

"그러지 말고 좀만 해줘요. 맛만 살짝 볼게요. 지금 애들 전부 기다리고 있어요."

"시꺼. 그냥 식당 가서 먹어. 요 앞에 백반집에도 전 반찬 나오잖아."

해주고 싶어도 못 한다. 딱 보기만 해도 군침 돌고 어르신들의 감탄사를 자아낸 저 녹두전이 어디 재료만 있다고 부쳐지겠는가.

그냥 팬에 기름 두르고 슥슥 부치는 게 아니었다. 맷돌에 녹두를 갈고 길이 잘든 무쇠 프라이팬이 있어줘야 어찌어찌 흉내라도 낼 수 있는 거였다. 게다가 미묘하게 하는 불 조절에 반죽 배합까지…… 실로 디테일로 보면 따질 것들이 수두룩했다.

"자비하시고 인자하신 강민호 선배님! 아니, 셰프님!"

가람이 두 손을 모아 간절히 염원을 담아 소리쳤다.

"얘들아, 강 셰프님 그냥 가신단다!"

"강 셒! 강 셒!"

포동포동한 얼굴로 잔뜩 배고픈 표정을 짓고 있는 가람이를 보고 있자니 한숨과 함께 피식하는 웃음이 나왔다.

'후배를 돌보는 건지 돼지를 키우는 건지. 원.'

어쨌든 저쨌든 녹두전 100개를 율치리에서 연거푸 부쳤던 몸이었다. 흉내 그럴듯하게 내는 것쯤은 할 수 있으리란 생각이 있었다.

민호는 결정짓고 말했다.

"율치리 산지 직송 재료가 아니라 그 맛 안 날 텐데 괜찮아?"

"네, 셰프!"

"재료부터 주방으로 옮겨."

서당개 삼 년이면 풍월을 읊는다지 않던가. 민호는 잠옷차림 그대로 능숙하게 요리 재료를 다듬고 전 부칠 준비를 시작했다.

녹두가루와 고사리, 숙주, 돼지고기.

윤 여사님의 레시피와는 차이가 있었으나 갖출 건 대충 갖춰진 상태였다.

'재료 다져서 걸쭉하게 섞은 다음…….'

민호는 그날의 기억을 더듬으며 요리를 시작했다. 떠오르는 대로, 몸이 가는 대로, 실로 능수능란한 움직임이었다.

지글지글.

튀겨지는 소리. 기름 냄새가 공복의 장정들을 녹아내리게 했다. 식탁 앞에 철순이를 비롯해 KG 피닉스 소속의 펜타스톰 선수들이 잔뜩 기대한 채로 앉았다.

기름 위에 익어가던 노릇한 무언가가 프라이팬 위에서 한 번 뒤집어졌다. 어느덧 완성된 녹두전이 노릇노릇하게 구워져서 접시 위에 올라갔다.

민호는 젓가락을 놀려 먼저 맛을 보았다.

'음, 애매해.'

얼추 향은 비슷한데, 식감은 전혀 달랐다. 방금 나온 녹두전이라 자글자글 기름 튀겨지는 소리가 들리긴 했지만, 좀만 놔두면 밑은 눅진거리는 떡 같은 상태가 될 게 분명했다. 욕심 많게도 이 녹두전은 기름을 잔뜩 머금고 있었다.

'굽다 보면 나아지겠지.'

수도 없이 구웠던 그날의 기억이 조금씩 떠오르고 있었으니 서너 판 굽다 보면 타이밍은 잡을 수 있을 것 같았다.

"강 셰프! 배고픕니다! 그거 왜 안 주시나요?"

그러나 가람은 그새를 못 버티고 젓가락을 흔들며 소리쳤다.

"야, 이거 살짝 실패한 거야."

"뱃속에 들어가면 다 똑같은 겁니다."

민호는 아무거나 잘 먹는 애들인데 뭐 어때라는 생각에 최초의 녹두전을 가람이 앞에 올려놓았다.

"역시 율치리 재료가 아니라 그 맛이 안 나네. 이 정돈 양해해라."

요리 삼매경에 푹 빠져 처음 화난 기색이 씻은 듯 사라진 민호가 해맑게 웃었다. 그 웃음에 조금 긴장했던 후배들이 멋쩍게 웃었다.

"감사합니다. 선배님."

"죄송했어요. 정말 저희가 다 뭐에 홀렸는지, 저 녹두전이 너무 먹고 싶었거든요."

"진짜로 선배님한테 요리나 막걸리 CF 오는 거 아닐까요? 사실 오늘 마트에 갔더니 다들 똑같은 걸 사더라고요."

민호는 젓가락을 입에 물고 잔뜩 기대하는 후배들에게 고개를 끄덕이며 인자하게 말했다.

"몇 개나 해줄까? 일인당 하나씩이면 되나?"

그러다 가람과 눈이 마주쳤다.

"가람이 넌 한 세 판은 먹어야지?

"세 판이 뭐예요? 다섯 판은 먹어야죠."

가람의 건방진 대답에 다른 후배들의 안색이 변했으나 굽는 재미에 맛을 들인 민호는 전혀 개의치 않고 다시 한 판을 굽기 시작했다.

"잘 먹겠습니다!"

가람이 젓가락으로 한쪽을 찢어 입에 넣었다.

"……."

들어간 재료의 맛이 하나하나 생생한 날것으로 느껴지는 매우 신선한 음식. 씹을 때마다 쩍쩍 눌어붙는 소리. 어떻게 이렇게 구웠나 싶을 정도로 겉과 속이 다른 방식으로 익은 상태였다. 가람의 표정이 복잡 미묘해졌다.

철순도 맛을 보더니 움찔 놀랐다. 맛없다고 하기도 그렇고 맛있다고 하기도 그런 기이한 맛이었다. 뒤이어 젓가락을 든 다른 후배들도 죄다 애매한 표정이 되어 서로 간에 눈치를 살폈다.

그러다 세 판도 아닌 무려 다섯 판을 먹어야 하는 가람에게 모두의 시선이 향했다.

"저어기, 강 셰프."

콧노래를 부르며 전을 부치고 있던 민호가 가람의 말에 고개를 돌렸다.

"왜? 1분만 기다려. 금방 해줄게."

인자해도 너무 인자한 표정. 가람은 이제와 다른 말하기 힘들어졌음을 깨달았다. 다시 한 판이 식탁 위에 올라왔다. 겉은 멀쩡했으나 곰곰이 보니 기름이 접시에 흥건하고 가장 자리가 바짝 구워져서 딱딱해 보였다.

"자! 간장은 그냥 조미간장에 식초 섞었어. 맛있게들 먹어~"

민호는 그대로 등을 돌려 다시 녹두전을 신나게 부치기 시작했다.

가람은 곤히 자던 민호를 억지로 깨워 부추겼더니 일부러 기름 듬뿍 담아 맛없게 구워주고 있다는 불안감이 들기 시작했다.

먼저 물어보고 준비했어야 했다는 후회. 모두가 가람을 불쌍히 보며 혀를 찼다.

다음 녹두전, 그다음 녹두전도 맛이 모호했다. 가람의 불안은 서서히 확신으로 다가오기 시작했다.

"강 셰프님. 저 세 판만 먹어도 될까요?"

"치킨도 혼자 두 마리 뜯는 놈이 뭘 빼고 있어?"

"나머진 동료들에게 양보……."

"어허!"

녹두전을 허공에서 날렵하게 뒤집은 민호가 고개를 저었다.

"걱정 붙들어 매셔. 충분하니까 맘껏 먹어."

사색이 된 가람이 동료들에게 도움의 눈빛을 보냈다. 그러나 한입을 더해 주겠다 말하는 이는 아무도 없었다.

"이러기냐."

게임단 숙소에서 벌어진 아침의 해프닝은 결국, '민호 선배가 싫어하는 걸 억지로 시키면 큰코다친다'는 교훈으로 마감하게 되었다.

KG엔터로 향하는 출근길. 아침부터 요리하는 재미에 심취해 있던 민호는 콧노래를 흥얼거리며 밴에 올라탔다.

'역시, 요리는 손맛이야.'

분명히 비슷한 재료로 만들었는데 어찌 이리 다른 맛이 나오는지 신기할 정도였다. 같은 재료로 굽는데도 맛이 천차만별이라니 이것이야말로 연금술!

"잘 지내셨습니까?"

민호가 밴에 앉자 운전대를 붙잡고 있던 공 매니저가 반가운 얼굴로 인사해 왔다. 딱 봐도 아침의 가람이와 비슷한 표정이었다. 흐뭇해 보였다.

'설마 또 일거리를 잔뜩 가져온 건 아니겠지?'

전례를 생각하다 얼른 지워 버렸다. 말이 씨가 된다고, 오늘은 입조심 해야겠다.

"네, 공 매니저님도 잘 지내셨죠?"

"그럼요, 더할 나위 없었습니다."

뒷좌석에 민호가 앉자 공 매니저가 운전을 시작했다.

"나 PD님께서 감사 메시지를 보내왔습니다. 정말 대단한 게스트를 연결해 줘서 고맙다고 말이죠. 그냥 안면만 있는 사이였는데 이렇게 연락받는 건 저도 정말 처음 있는 일이었습니다."

"다행이네요. 사실 쉽게 봤다가 다들 너무 열심히 해서 바짝 긴장했었거든요."

힘든 일 가운데서도 어떻게든 분량확보를 위해 고군분투하는 그녀들은 진짜 프로였다. 덕분에 아이돌을 마냥 어리고 쉽게만 보던 생각을 조금은 버리게 되었다. 착한 여동생보다는 앙큼한 여우같달까?

"의외인 부분도 그랬지만, 정말이지 퀴즈 부분에서는 두 손 두 발 다 들었다고 하더군요. 요리 역시 정작 준비한 분은 따로 있는데 꽉 막아버리고 말입니다. 더 이러면 AT엔터에서 민호 씨 주의보라도 나올까 싶네요. 하하."

"어? 그거 다음 주 방송 아닌가요?"

의아하다는 물음에 공 매니저가 웃었다.

"나 PD님이 슬쩍 다음 주 편집 포인트를 알려 주셨죠. 시청자들 오해를 없애야 해서 작가들이 출제 준비하는 분량도 넣었다고 합니다. 민호 씨와 짜고 맞춘 게 아니었으니까요."

공 매니저는 걸세븐이나 이도진 FD등 다른 사람들이 기가 막혀 하는 모습과 뒷담화도 자연스럽게 나왔다고 덧붙였다. 그렇게 한참 동안 민호를 띄워주던 공 매니저는 목소리를 가다듬고 말했다.

"사장님도 청춘일지 반응에 무척 좋아하고 계십니다."

"혹시 댓글에 알바를 쓰신 건 아니죠?"

"물론이죠. 사장님은 기사 수를 늘리면 늘렸지 자잘하게 일하시는 분이 아닙니다."

민호는 임소희 사장이 좋아한다는 말에 조금 불안해졌다. 만년필을 통해서 본 임 사장은 허투루 돈 낭비, 시간 낭비를 하는 사람이 아니었다.

아니나 다를까.

공 매니저가 비로소 본론을 꺼냈다.

"슬슬 인지도를 크게 올릴 수 있는 고정 프로를 하나 하셨으면 싶어 하십니다. 제 생각에도 청춘일지 반응 정도라면 화제성 있는 고정 프로에 나갈 발판은 충분하다고 생각되고요."

일거리였다. 역시 사업하는 사람들이다.

민호는 자신의 안위를 위해 전에도 말했던 조건을 재차 강조했다.

"생각해 둔 게 있으신가 보네요. 하지만 절대로 음악은 안

됩니다."

좋은 게 좋은 거다. 그 좋은 건 몸이 편한 거고.

"그건 걱정 마십시오."

대답은 그리했지만, 공 매니저의 표정에는 아쉬움이 지나고 있었다. 살짝 찔러보고 먹힐 거 같으면 설득하려 했었나 보다. 하지만 민호의 눈치를 보고는 더는 연연해하지 않았다.

"민호 씨의 프로게이머 이미지를 살릴 방송 위주로 고려하고 있으니까요. 조건이 까다롭긴 해도, 이만한 파워의 연예인을 매니지먼트 한다는 건 제게도 큰 도전이자 기쁨입니다."

공 매니저가 다음 주 스케줄표가 담긴 봉투를 내밀었다.

스케줄표를 살피니 이번 주와는 다르게 빡빡했다.

카탈로그 촬영에 청춘일지 관련 인터뷰, 게임 방송국의 프로그램 게스트까지 큼지막한 일정만 3개였다. 8강 진출 전 대비로 한 주 내내 훈련에만 매진했더니 이번 주 스케줄까지 뒤로 밀린 듯 보였다.

"첫 번째로 염두에 두셔야 할 건 T사의 가을시즌 화보 촬영입니다. 여기 캐주얼 의류 구매층이 민호 씨의 스마트한 이미지와 어울린다는 판단에 사장님이 강력 추천하셨지요. 바로 통과됐고 말입니다."

'방송으로 흘리듯 본 이것들에 내가 나간다니.'

묘한 기분이었다.

"이제 7월인데 가을 화보를 벌써 찍어요?"

"패션업계는 원래 준비가 빠릅니다. 한 분기 전에 디자인을 정해 놔야 다음 분기에 물건이 제때 나오니까요."

진짜 별걸 다하게 된다.

'잘 때 팩 좀 해서 피부 관리라도 할까?'

건강한 피부 미남을 생각하다가 그 계획을 싹 날려 버렸다. 호리병이 있는 이유였다. 취화정 한 방울이면 활력은 떼놓은 당상이니 다크써클이나 여드름 같은 피부 트러블 따위는 남으려야 남을 수가 없었다.

"어라?"

민호는 고개를 끄덕이며 봉투 안에 곁들여 있는 화보 관련 자료를 살폈다.

그러다 굉장히 익숙한 사람을 발견했다. 여름 분기 여자 광고모델 사진에 매우 잘 아는 한 사람이 방긋 웃고 있었다.

거울로 민호를 흘끔 살핀 공 매니저가 대충 상황을 파악하고 웃었다.

"서은하 씨는 이쪽 브랜드 모델로 활동하신 지 꽤 됐습니다."

심플하면서 분위기 있는 캐주얼 의류. 그 설명답게 화보 속 서은하의 이미지는 참하고 예쁜 대학생 그 자체였다. 똑똑한 이미지가 아니라 진짜 똑똑하니 더더욱 어울려 보였다.

슬쩍 기대됐다.

"이번에도 같이 찍어요?"

"당연하죠. 민호 씨의 화보 반응이 좋으면 겨울에도, 내년 봄에도 같이 하실 수 있을 겁니다."

예쁘게 꾸민 서은하를 바로 옆에서 온종일 볼 기회였다.

민호는 다음 스케줄인 '한밤의 연예가 섹션'도 살펴보았다.

"인터뷰는 어떤 식으로 진행되는 거죠?"

"스튜디오 녹화 인터뷰입니다. 방송 시간은 5분이지만, 걸세븐 멤버 전원이 같이 있어서 칼같이 멘트 치셔야 하죠. 개인 질문을 서른 개 했어도 나오는 건 하나일 경우가 많거든요. 다른 멤버 인터뷰 내용에 자연스레 호응해 주면서 민호 씨만의 캐릭터를 드러내 주면 효과가 무척 좋습니다."

스케줄표 아래에 '걸세븐 각자의 최근 방송 출연분 전부 숙지 요망'이라는 공 매니저의 메모도 있었다. 대본 모음집의 악몽에 비하면 이 정도는 가뿐했다. 뭘 가져와도 그때의 그 막대한 분량은 안 될 테니까.

게다가.

'화보나 인터뷰는 그렇다 치고, 엔게임넷 방송이야 내 전문 분야거든.'

프로게이머로 활동하며 리그 오프닝 촬영부터 게임 소개 방송까지 수도 없이 출연해 온 곳이기에 편하고 익숙했다.

민호는 그렇게 출연 프로그램 이름을 확인하다 그대로 동작이 굳어졌다.

'망할!'

켠김에 클리어.

하필이면 이 프로라니. 이건 게임 하나를 던져주고 최종보스를 잡거나 특정 목표를 달성할 때까지 결코 카메라를 멈추지 않는 악명 높은 프로였다.

"어떻게 이런 게임 방송을 잡았데요?"

"켠김에 클리어요? 나름 알아보니 그게 젊은 층에 인기라더군요. 연출진에 물어보니 이번은 시청자 특집이라 홍대 쪽에서 크게 한다고 합니다."

홍대 아니라 어디를 가도 어차피 게임만 하는 거다. 전혀 관계없는 소리였다.

"민호 씨라면 한두 시간에 끝낼 수 있으시지요? 그래도 방송 생각해서 좀 더 끌어주십시오. 이거 못해 달라고 부탁할 날이 올 줄은 꿈에도 몰랐습니다."

"어휴. 저도 그랬으면 좋겠네요."

"후후. 민호 씨는 너무 겸손하십니다."

공 매니저의 낙관에 민호는 쓰게 웃었다.

프로게이머를 게스트로 초청하는 날에는 PD가 그에 맞춰 게임을 준비한다. 2년 전 정요한과 출연했을 때는 원코인으로 완전 매니악한 횡스크롤 고전게임을 깨는 것에 도전했었다.

결과는 한마디로 딱 정의된다.

'개고생했지. 쳇.'

그래도 얻어걸리는 분야가 아니라 프로게이머라는 본 직업에 걸맞는 컨택이었다. 골치 아플 텐데 왠지 마음은 편했다.

대략 스케줄은 이 정도였다. 이런저런 얘기 듣고 두런두런 대화하다 보니 어느새 KG엔터의 사옥 앞에 도착했다.

"스타일리스트와 화보 준비 미팅부터 들어가야 하니 오늘은 좀 바쁠 겁니다."

공 매니저가 주차를 위해 밴을 몰고 사라졌다.

밴에서 내린 민호는 화려한 외관의 건물을 바라봤다. 새 계약 이후 이곳에 드나들기 시작한 지 한 달째. 이제는 이곳으로 출근하는 것이 일상이 되어가는 기분이 들었다.

주로 방송 대비를 위한 공 매니저의 빡센 준비 과정 때문이긴 하지만 말이다.

'좀 여유 있으니까.'

손목시계를 보았다. 미팅 예정 시각이 30분 남은 상황이라 여유를 살짝 부려도 되기에 먼저 휴게실을 찾았다.

주문한 아이스커피를 받아 테라스 쪽으로 돌아서는데, 눈에 확 띄는 한 여자를 보았다.

서은하.

그녀가 한쪽 테이블에 앉아 있었다. 학창시절 맨 앞자리에 앉아 공부만 하던 모범생이 보여주던 바로 그 자세로 두꺼운 전공서적을 집중해 보고 있었다.

억지로 불러 집중을 깨는 건 실례라는 생각에 민호는 옆 테이블로 방향을 틀었다. 그리고 서은하를 슬쩍 살폈다.

동그란 안경에 묶어 올린 머리, 밖에서 들어오는 햇살이 밝아서 그런지 피부도 광이 났다. 별반 꾸미지 않았으나 시선을 사로잡는 미모는 오늘도 역시나 그대로였다.

'참 예뻐.'

민호는 마냥 앉아 있기 뭐해 공 매니저가 준 자료를 뒤적였다. 물론 들고만 있을 뿐, 시선은 서은하에게 딱 고정된 상태였다. 미동도 하지 않고 공부 중인 서은하를 보고 있자니 뭔가 좋아하는 연예인 사진을 옆에 걸어두고 앉아 있는 느낌이 강하게 들었다.

사라락.

종이가 넘어가고 책을 읽는 걸 구경만 하는데 하나도 지루하지가 않았다. 참으로 미녀는 인류의 보배다.

서은하가 탁자 위에 올려놓은 휴대폰의 알람이 삐빅거리며 신호를 보냈다.

그녀는 급히 일어서다 펜을 툭 떨구고 말았다.

“공부는 다 끝났나 봐요?”

바닥으로 허리를 숙이는 그녀의 앞으로 떨어진 펜을 집어 먼저 내민 손길이 있었다.

강민호였다. 둘의 시선이 마주쳤다.

“민호 씨? 언제부터 앉아 계셨던 거예요?”

“좀 됐어요.”

싱긋 웃는 민호의 표정에 서은하는 그가 자신을 배려하려고 일부러 말을 걸지 않았다고 이해했다. 사실은 미모에 취해 있었지만, 결과적으로는 그리된 셈. 그녀는 민호가 왜 여기 있는지 생각했다가 알았다는 듯 손뼉을 짝 하고 쳤다.

“화보 미팅 맞죠? 남자 모델이 민호 씨로 바뀔 수도 있다고 들었어요.”

“어떻게 기회가 닿았네요.”

“어쩜! 잘됐어요. 보통은 준비 시간이 지루한데 그날은 촬영 내내 유익한 시간을 보낼 수 있을 것 같아요.”

손뼉을 치며 좋아하는 서은하의 반응에 민호는 그녀에게 ‘유익한 시간’이 과연 무엇일지를 잠시 고민해야 했다.

“정리 도와드릴게요.”

민호는 서은하의 탁자를 함께 정리해 주다 전공서적에 눈길이 갔다. 정치발전론으로 제법 공력을 키운 터라 이제는 전처럼 겁만 먹지 않았다.

그런데 웬걸. 이번 책은 '계량정치분석'이란 놈이었다.

'끔찍한 책들이 왜 이리 많아?'

오묘한 제목과 빼곡한 필기의 흔적이 민호의 골을 짓눌러 왔다.

저것도 공부해야 서은하랑 말이 통한단 말인가.

"기말고사가 아직 하나 남아서 요즘 정신이 없어요."

"저도 정신이 까마득해요."

"네?"

"아, 화보는 처음이라 이래저래 신경 쓸 게 많다고요."

민호가 말을 슬쩍 바꾸자 서은하는 알겠다는 듯 미소 지으며 말했다.

"전문 모델처럼 딱딱 맞추는 포즈는 안 해도 돼요. 평소처럼 자연스럽게. 그럼 그쪽 디자이너 분이 좋아하시더라고요."

아하, 포즈.

"좋은 건 몰라도 안 되는 거는 제가 몇 개 압니다. 게임리그 오프닝 촬영 때 많이들 하는 건데."

민호는 서은하의 가방 끈을 한쪽 어깨에 걸고 반대쪽 손으로 먼 산을 가리키는 동작을 선보였다. 금방이라도 꿈을 찾아 달려 나갈 것만 같은 화사한 웃음까지 빼놓지 않았다.

"어때요?"

90년대 청춘 드라마에나 나올 법한 작위적인 모습에 서은하는 푭 하고 웃음을 터뜨렸다.

"네, 딱 그런 포즈만 안 취하시면 돼요."

"알겠습다!"

두 사람은 두런두런 이야기를 나누며 미팅이 예정된 회의실로 향했다.

"맞다, 제가 사기로 한 식사는 화보 촬영 끝나고 가는 걸로 할까요? 진짜 잘하는 맛집을 알거든요."

"메뉴는 뭔가요?"

"그게 말이죠."

서은하는 말해줄 듯하더니 검지로 입을 가리며 웃었다.

"비밀~ 이요. 뭐 못 먹는 음식 같은 거 없으시죠?"

"크게 가리는 건 딱히 없는데."

"후훗. 그럼 기대해도 좋아요."

"……이상한 건 아니죠?"

"글쎄요?"

그녀는 끝까지 말해주지 않은 채로 미팅장 문을 열고 들어갔다.

뭔가 깜짝 놀라게 할 준비를 한 개구쟁이 느낌.

괜스레 불안해졌다. 뭔지는 몰라도 왠지 진짜로 이상한 걸 사줄 거 같다.

오전부터 시작된 미팅에는 민호와 서은하, 공 매니저 이외에 화보담당 스타일리스트 황영은과 KG엔터 패션담당 윤태백 실장이 참석했다. 민호는 두 사람을 보자 '옷이 성격을 보여준다'는 말을 실감할 수 있었다.

분홍색 반테안경에 자줏빛 볼레로 가디건으로 선명한 색감을 살린 황영은에 반해 윤태백 실장은 굵은테 안경과 반스포츠의 짧은 머리칼을 했다. 옷차림 역시 여느 샐러리맨과 같은 셔츠 차림으로 멀끔하였다.

"서은하 씨는 무슨 헤어를 해도 어울리니, 촬영 콘셉트별로 웨이브랑 스트레이트를 병행해서 스타일링 하는 게 좋을 것 같아요."

황영은의 말에 윤 실장이 서은하의 머리를 살폈다. 저 외모라면 동네 이발소를 가서 남자 스타일로 깎아도 저절로 보이쉬하게 꾸민 듯 보일 것이다. 하면, 스케줄 조정을 할 차례였다.

"일일 촬영인데 둘 다 준비할 시간이 될까?"

"제이 킴 실장님 스케줄을 알아볼게요."

"그래. 실장님이 출장 가능하시면 그렇게 하고……."

윤 실장은 스케줄 표를 살펴보고 말했다.

"아니면 웨이브 위주로 가는 걸로 해. 청순한 연출이 필요하면 볼드펌 정도에서 광고제작사와 타협 보고. 이번에 서은하 씨가 들어갈 드라마가 사랑스러운 이미지라니까 방영 때 맞춰서 같은 톤을 유지해 주는 사진이 있으면 저쪽에서도 좋아할 거야."

촬영 전에 실질적으로 무언가를 준비해야 할 것은 실무진인 터라 대화는 주로 윤 실장과 황영은만 나누는 중이었다.

서은하는 익숙한지 별다른 표정 변화 없이 두 사람의 대화를 듣고 있었으나 처음인 민호에게는 생경하고 흥미로운 이야기였다. 이른바 유행을 계획하고 만드는 사람들의 분야였다.

'가을 스케줄까지 생각해 머리스타일을 정하는 방식이라니.'

대충 잘 차려입고 사진 찍으러 가는 수준이 아니었다. 그 때문에 자신에 관한 이야기가 나왔을 때는 절로 귀를 쫑긋하게 됐다.

"강민호 씨는."

심사하듯 머리부터 발끝까지 싹 훑는 황영은의 시선에 민호가 짐짓 자세를 바로 했다. 또렷하게 보는 시선이 어디를 향하는지 레이저포인트라도 딱 찍히는 것 같았다.

"초코브라운으로 염색해 댄디한 느낌을 내도 괜찮을 것 같고, 단정한 옷이 많으니까 리젠트컷을 시도해서 복고 느낌을 내도 좋아 보입니다."

"애매해. 민호 씨는 이 화보가 처음이잖아. 굳이 가을 느낌을 따라 하기보단, 확실하게 각인시킬 수 있는 민호 씨만의 스타일이 좋아."

민호를 보는 둘의 시선에 수차례 다른 의상이 입히고 벗겨지기를 반복했다. 하지만 개성이라는 부분에서 의견만 나올 뿐, 합의점을 찾는 데는 꽤 시간이 걸리고 있었다. 일상이 화보인 서은하와 달리 민호에게는 모델다운 아우라가 다소 부족한 이유였다.

이를 지켜보고 있던 공 매니저가 슬쩍 끼어들었다.

"이 브랜드의 작년 의상 몇 개를 택해서 데모 촬영을 해보는 건 어떻습니까?"

윤 실장은 고개를 저었다.

"글쎄. 괜찮은 생각이긴 한데 오늘 내로 결정해서 사장님께 보고 올려야 해. 광고주랑 내일 미팅하신다니까."

"혹시 몰라 B스튜디오에 스케줄 잡아 놓았습니다. 저녁까지 데모 촬영 끝낼 테니 보고는 그 이후에 올리시는 건 어떻습니까?"

기다렸다는 듯 공 매니저가 답하자 비로소 윤 실장이 고개를 끄덕였다.

"그 정도면 괜찮지. 다른 건 대략 정해졌으니 여기서 일단락하자고."

윤 실장은 자리에서 일어나며 웃었다.

"공 매니저. 역시나 준비맨이야."

"강민호 씨가 워낙 스펀지여야 말이죠. 이 정도 준비도 안 하면 제가 미안해질 정도입니다. 인터뷰 관련 시청각 자료도 얼마 준비 못 해서 이따가 보시는 동안 또 찾아야 해요."

"좋지, 좋아. 출연하는 프로그램마다 승승장구라며? 월드스타 전화도 잘 안 받는 사장님이 요새 제일 관심 갖고 계셔."

어깨를 으쓱한 공 매니저가 뿌듯하다는 눈초리로 민호를 바라보았다. 그 무한한 신뢰의 눈길에 덩달아 기분 좋은 건 잠시였다. 칭찬이 고래를 춤추게는 한다지만 그건 아주 잠깐일 뿐!

'자료를 더 찾을 거라고?'

이번에도 백과사전 분량의 뭔가가 나오면 진짜 울어버릴 거 같았다. 그렇다고 저기 끼어들어서 준비 빠방하게 할 필요도, 그걸 못해서 미안해할 필요도 없다고 할 수는 없는 노릇이다.

제발 공 매니저가 바쁘기를 빌어보았다.

"모두 수고하셨어요. 회의는 여기까지."

윤 실장과 황영은이 차례대로 회의실을 나갔다. 서은하도 자리에서 일어나자 공 매니저가 말했다.

"은하 씨. 촬영 날 픽업 가겠습니다. 학교로 가면 됩니까?"

"그날은 집에 있을 거예요. 여름방학 시즌이 와서 수업은 거의 다 끝났거든요."

공 매니저는 자신의 스케줄표에 꼼꼼하게 이 부분을 적었다. 힐끗 본 그의 수첩과 휴대폰의 알람 설정들은 거진 서은하의 전공서적을 방불케 했다. 아무래도 그가 자료 준비 깜빡하기를 바라는 건 어려울 거 같았다.

졸지에 B스튜디오로 떠나야 할 상황에 처한 민호에게 서은하는 방긋 웃으며 인사했다.

"민호 씨랑 일하니까 공 매니저님 차도 얻어 타고, 아무튼 좋네요. 촬영 때 봬요. 공 매니저님도 잘 가시구요."

"네, 은하 씨도 그날 봐요."

그렇게 서은하까지 며칠 후의 만남을 기약하며 떠났다.

공 매니저는 일에 대한 열정이 가득 담긴 눈빛으로 말했다.

"저희도 어서 움직입시다. 스튜디오는 정식 스케줄이 아니라 시간을 엄수해야 하거든요."

성큼성큼 나서는 그의 뒤를 따르며 민호가 몸을 부르르 떨었다.

"오늘도 어째 정신없겠구나."

뚜렷한 목표를 향하는 경주마처럼 한껏 내달리는 일상이 시작되었다.

데모 촬영을 대비해 간단히 헤어부터 만지러 메이크업룸에 들어섰다.

"민호 오빠!"

"어?"

거울 앞에 앉아 있는 여자가 그를 반겼다. 아직 화장 전이라 쌍꺼풀 없는 순박한 눈매를 한 그녀는 오소라였다.

"뉘신지?"

"오빠!"

"어이쿠! 이게 누구야? 설마 소라였니?"

"뭐요! 이 얼굴 촬영 내내 봤음서."

그녀가 도끼눈을 뜨자 잠깐이지만 카리스마 여전사 캐릭터가 살아났다. 민호는 뒤편의 대기석에 앉으며 씩 웃었다.

"하하. 농담, 농담. 반가워."

지난주 축사와 황 어르신 댁에서 오소라와 함께 전장을 헤쳐 나온 덕분인지 헤어졌던 전우를 만난 듯 친근하게 느껴졌다. 째려보던 그녀도 이내 눈을 풀고 피식 웃었다. 몇 번이나 민낯을 드러낸 탓에 거리감이 줄어든 느낌이었다.

"행사라도 가는 거야?"

"네, 군부대로요."

"오늘 그 부대 난리 나겠네."

스타일리스트가 기초화장을 하느라 잠시 대화가 멈췄다.

오소라는 눈을 감은 채 물었다.

"맞다. 오빠 전역한 지 얼마 안 됐다 그랬죠? 군인 입장에서 지금 제 의상 어때요?"

오소라는 어깨선이 고스란히 드러나는 민소매 원피스를 가리켜 보였다.

"군부대 공연 준비 때는 코디 언니가 항상 이렇게 가려요. 군인들 다 뛰어 올라온다고."

'아니, 그걸 왜 가려!'라고 버럭 하려다가 이어지는 말에 가슴을 쓸어내렸다.

하긴, 그러긴 했다. 오소라 정도의 몸매에 저기서 더 나가면 젊은 혈기를 이기지 못한 이들이 뛰어 올라올 소지가 다분하다. 물론 바로 제지당해 휴가 제한을 당하겠지만.

"이것 말고 시스루로 했으면 좋겠는데. 같이 출연하는 스텔비아 애들은 아주 화끈하게 입는다고요."

그녀가 손가락으로 원피스 윗부분을 잡고 맘에 안 든다고 흔들었다.

'헛!'

속옷인지 패션인지 잘 구별이 되지 않는 브라끈이 자연스레 드러났다. 실물로, 이렇게 가까이에서 보는 건 데미지 차이가 컸다.

'머, 멋진 풍경이야.'

심장이 쿵 하는 테러를 당한 기분이었다. 매번 털털하게 행동하는 그녀지만 그럼에도 은연중에 자리한 섹시한 느낌은 사라지지 않았다.

민호는 그녀의 의상을 보며 어딜 봐서 가린다고 생각하는 걸까 의아했으나 저 상태에서 원피스가 아니라 안쪽이 시스루로 은은하게 비춰진다고 생각하니 입이 헤벌쭉 벌어지고 말았다.

그쯤 눈을 뜨는 그녀가 보였다. 재빨리 태연한 척 표정을 가다듬었다.

"그래서 의상 어때요?"

"그 정도면 충분해. 군인들 밤잠 좀 편히 자야지."

민호는 관심이라곤 눈곱만큼도 없는 패션잡지를 괜히 보며 대꾸했다.

"그리고 너무 화끈할 필요 없어. 적당히 가려야 더 설레는 거야."

민호의 걸그룹 지론은 확고했다.

"그럼 오빠, 지금 저 보면서 설레고 그래요?"

"그건 말이지……."

오소라의 머리부터 발끝까지 한차례 쭉 살피곤 넌지시 말했다.

"화장은 꼭꼭 하고 가. 진심."

"야!"

진짜 화난 기색에 얼른 컬러판 그림책을 파라락 넘겼다. 그놈이 그놈 같고 이놈이 이놈 같은 패션 잡지의 향연이다. 민호는 숨죽여 웃고 있던 스타일리스트와 서로 눈인사를 하다가 뾰족한 오소라의 시선에 얼른 눈을 감았다.

"우씨!"

오소라는 됐다는 듯 고개를 휙 돌려 메이크업에 집중하기 시작했다.

조용해진 메이크업룸 안을 울리던 음악에 얼마나 귀를 기울였을까.

담당자에게 스타일링을 받기 위해 기다리고 있던 민호는 막 메이크업룸으로 걸어 들어온 한 사람을 발견하고 시선이 고정됐다.

'캬, 저분 스타일 개성적이네.'

연말 시상식에서나 볼법한 금빛 슈트에 천장을 찌를 듯한 번개 머리를 한 중년 남자. 중구난방인 것 같으면서도 의외로 조화를 이룬 패션은 생전 처음 보는 것이었다.

"하이, 에브리원."

남자가 밝게 웃으며 인사하자 메이크업룸에 있던 스타일

리스트들이 일제히 하던 일을 멈추고 허리를 숙여 인사했다.

"선생님 오셨습니까!"

"굿굿! 오늘도 에너지들이 넘쳐."

남자의 발음엔 묘하게 버터끼가 있었다. 손을 흔들어 직원들의 인사에 화답한 그는 문에서 한 걸음 물러서더니 누군가를 안쪽으로 안내했다.

"들어와, 허니."

아리따운 여인 하나가 메이크업룸으로 들어섰다. 남자는 여인을 곧장 VIP라 쓰인 좌석으로 데려갔다.

'어? 우예진?'

여인 쪽은 민호도 TV에서 본 적 있는 사람이었다. 실제 나이 마흔임에도 전성기의 미모를 유지하는 유명 배우였다.

"허니, 여기서 잠깐만 기다려."

남자는 쪽~ 하고 우예진의 입술에 아무렇지 않게 키스한 후 미용 도구가 있는 쪽으로 걸어갔다. 가운을 걸치고 있는 그의 옆으로 스타일리스트 정훈이 다가왔다.

"미스터 정! 오늘 VIP스케줄 몇 개나 있어?"

"오후에 두 분 있습니다."

"오늘은 여유 있네. 좋아~"

남자가 손에 쥔 것은 제이 킴의 이니셜이 새겨져 있는 가위였다.

'뭐야? 저 남자가 제이 킴이었어?'

'헤어 스타일링에서만큼은 어떤 선입견도 갖지 않는 실력자'라고 듣기만 했던, 뭐가 그리 바쁜지 항상 자리를 비우던 그 실장이었다. 그간 애장품으로만 몇 차례 교감했을 뿐 실제로 본 적은 오늘이 처음이다.

오늘 보니 평소에도 저렇게 오픈 마인드로 생활하는 듯 보였다.

"실장님!"

오소라도 제이 킴을 보더니 얼굴에 화색이 돌았다.

"오랜만에 오셨네요."

"오오, 미스 오!"

제이 킴은 오소라에게 윙크를 한 번 하더니 우예진을 가리켰다.

"우리 허니 처음 보지? 싫다는 거 억지로 데려왔어. 머리 좀 만져 주게. 그래야 다른 데를 밤에 맘껏 만지지."

라고 말하며 허공에 손을 조물조물 거리는 것이 능글맞아 보이면서도 한편으론 자연스러웠다. 우예진은 못하는 소리가 없다며 등을 탁 때렸으나 제이 킴은 그저 웃을 뿐이었다.

"방송에서 많이 봤습니다, 선배님."

오소라는 의자에서 일어나 깍듯이 인사했다.

"반가워요."

우예진은 고개를 한번 끄덕이고는 거울 쪽으로 시선을 돌렸다. 오소라는 우예진의 스타일링을 시작하려는 제이 킴을 지켜보고 있다 슬쩍 말했다.

"실장님, 예진 선배님 끝나고 제 머리도 좀 만져 주실 수 있나요? 오늘 라이벌 잔뜩 나오는 위문공연에 가거든요."

"응? 시간 되면~"

오소라는 횡재했다는 표정과 함께 그녀의 헤어를 만지던 스타일리스트에게 기다려 달라고 양해를 구했다.

우예진의 뒤에 선 제이 킴은 알 수 없는 외국의 팝을 흥얼거리며 작업에 들어갔다.

"토크쇼라고 했지? 아이롱펌 하자. 블링블링한 웨이브로 말아 줄게. 허니 혼자서 빛날 거야."

"너무 마는 스타일이면 촌스러울 텐데. 나 예전에 다니던 미용실에서 그랬거든."

"노노! 탄력을 제대로 살리면 안 그래. 탱글거리고 윤기나게. 촌촌거리는 그 미용실 다신 가지 마."

민호는 뒤편에 앉아 제이 킴을 흥미 있게 지켜보는 중이었다.

분무기를 들어 우예진의 머릿결을 한차례 적신 후, 가지런히 빗어내려 착착 정리하기까지 몇 초 걸리지도 않았다. 하프 연주자가 현을 튕기듯 부드럽게 머릿결을 만지던 제이 킴은 둥근 빗과 드라이기 만으로 우예진의 머리를 말아 올리기 시작했다.

저것이 바로 원조의 손길이다.

'마술 보는 거 같아.'

민호는 제이 킴의 작업에 빠져들 수밖에 없었다. 머리카락 한 올 한 올의 감촉이 손끝에 고스란히 전달되는 그 느낌을 그 역시 알고 있기 때문이었다. 제이 킴의 동작을 하나도 놓치지 않고 집중해서 보고 있자니 슬쩍 '혹시' 하는 생각이 들었다.

조금만 연습하면 가위 없이도 제이 킴의 미용 기술을 흉내 낼 수 있지 않을까 하는 호기심이었다.

"완성!"

우예진의 머리끝을 가위로 마무리해 주던 제이 킴이 손을 탁탁 털고 물러났다. 거울에 비친 자신의 모습을 확인한 그녀가 만족스럽다는 듯 제이 킴의 뺨에 입을 맞추었다.

"보상이 약해, 허니."

제이 킴이 가운을 벗어 의자에 걸었다. 그리고 우예진의 허리에 손을 두르곤 진한 키스를 했다.

민호는 지켜보기가 뭐해 고개를 돌렸다가 스타일리스트들 모두 그러려니 하고 있는 모습을 보았다. 원래 그런 사람이고 이런 일이 매우 잦았다는 듯 보였다.

모두가 주목하고 있음에도 전혀 개의치 않고 애정을 표시하는 제이 킴에게 우예진이 한소리 했다.

"직원들 보잖아!"

"노노~ 사랑은 눈 마주칠 때마다 확인하는 거야, 허니."

우예진은 그래도 부끄러웠는지 옷매무새를 정리하고 종종걸음으로 메이크업룸을 나섰다.

"허니, 어딜 가?"

얼른 그녀를 따라가려는 제이킴을 보고 오소라가 깜짝 놀랐다.

"어어? 실장님! 제 머리 만져 주셔야죠."

"오 마이 갓! 미스 오."

제이 킴은 오소라를 바라보더니 아차 싶다는 표정이 됐다.

"좀 이따 해줄게. 이제 점심시간이잖아."

"이제 11시인데요? 그리고 저, 지방이라 점심 먹고 바로 출발해요."

제이 킴은 정말정말 미안하다는 눈으로 '쏘리~'라고 말했다. 그리곤 꽃을 찾는 벌처럼 우예진을 뒤따라 뛰어나갔다.

"으휴."

오소라는 한숨을 푹 내쉬었다. 제이 킴은 마주쳤을 때 바로 스타일링을 받지 못하면 다시 부탁하기가 하늘에 별따기였다. 정해진 시간에 정해진 스케줄을 소화할 때 빼고는 항상 자리를 비우는 데다 일을 자유분방하게 즐겼다. 그렇게 일하겠다고 계약할 때부터 못을 박았다나 뭐라나.

아무튼, 실력만큼은 최고인 터라 회사 내에서 제이 킴에게 뭐라 하는 이는 없었다.

"할 수 없지 뭐."

오소라는 아쉬움을 뒤로한 채 아까 물러나게 했던 스타일리스트를 찾아 메이크업 룸을 두리번거렸다. 그러다 대기석에 앉아 바로 옆에 자리한 마네킹의 머리를 슬쩍 건드려 보고 있는 민호를 발견했다.

'그러고 보니…….'

몇 주 전에 이곳에 들렀다가 마주친 서은하에게 언뜻 들은 이야기가 떠올랐다.

"소라 언니. 이 머리 누가 해줬는지 알아요?"

입은 옷과 분위기가 잘 어울리는 당고머리인 터라 당연히 제이 킴 실장님이 해줬겠거니 생각했었다. 그런데 그녀의 대답은 달랐다.

"강민호 씨가요. 대단하죠?"

그때는 믿지 못했는데 청춘일지 촬영을 하며 겪어본 민호라면 가능할지도 모르겠다는 생각이 들었다.

'저 오빠가 경운기를 운전하고 녹두전까지 기막히게 부칠 줄 누가 알았겠어?'

그녀가 살짝 불렀다.

"저, 민호 오빠."

"응?"

"은하한테 들었는데. 오빠 머리 잘 만진다면서요?"

"잘은 아니고."

민호는 직원에 의해 정리되어 도구함에 올려진 제이 킴의 가위를 흘끔 바라봤다. 저 가위가 있으면 당연히 잘하겠지만 없으면 말짱 도루묵이다.

'어라?'

그녀는 아니라며 뒤로 빼거나 부정하지 않는 민호를 보고는 눈빛을 반짝였다.

정말로 할 줄 아는 거 같다.

부탁해 봐야지.

민호는 거울로 보다가 오소라가 고개를 돌리는 모습을 보았다. 청춘일지의 오소라가 아니라 펑키라인의 아이돌, 오소라가 초롱초롱한 눈을 하고 있었다. 메이크업이 마무리된 터라 미모까지 출중하게 뽐내는 중이었다.

"제 머리도 한번 해줘요."

플리즈~ 하는 환청이 들리는 건 아무래도 제이 킴의 영향이리라.

"단발이라 별로 만질 것도 없어요."

'그래?'

그렇지 않아도 제이 킴의 마술 같은 솜씨를 보고 마네킹에 이미지트레이닝을 하던 중이었었다. 물 흐르듯 자연스럽고 간단한 움직임이라서 '감'을 기억하고 있는 자신이라면 쉬이 따라 할 수 있을 거 같았다.

'간단한 머리 정도라면, 뭐.'

서은하의 머리도 맞춤형 스타일을 떠올리는 것이 문제였지 실제 미용 작업은 별것 없었다. 이리저리 계산하고 가능성을 점쳐 보는 민호에게 오소라가 슬그머니 도발하듯 말했다.

"뭘 빼고 그래요? 은하 머리는 잘도 해줬으면서. 망치면 머리 감고 직원분한테 수습해 달라고 하면 돼요."

그녀의 마지막 말에 혹하고 말았다.

"한번 해볼까?"

민호는 오소라의 뒤에 서서 그녀의 단발을 바라봤다. 물기에 젖어 차분하게 가라앉아 있는 이 머릿결은 디자이너의 손길을 기다리고 있는 원석 그 자체였다.

'어떻게 만지느냐가 문제지.'

자고로 보석은 세공에 따라 가치가 달라지는 법.

머릿속으로는 이미 빛나는 헤어의 이미지를 완성했다. 구체적인 단어로 어떤 펌이라 정의할 수는 없지만 오소라의 시크한 매력이 편안하게 드러날 수 있는 헤어스타일이면 적당하리란 생각이 들었다.

이것이야말로 느낌적인 느낌!

"시작한다. 작품 한 번 만들어 보자고."

"네, 강 선생님!"

오소라는 기대감이 가득한 표정으로 거울을 바라봤다.

민호는 헝클어진 오소라의 머릿결을 정리하기 위해 빗을 들어 과감히 쓸어내렸다. 제이 킴을 떠올리며 춤추듯 부드러운 손길로 내리는데…….

턱.

"아야!"

끝 부분에서 머리가 엉켜 오소라의 고개가 뒤로 젖혀지고 말았다.

"오빠. 좀 살살."

"쏘리, 쏘리."

다시 빗을 놀려 머릿결 정리를 끝마친 민호는 방금 제이 킴이 했던 대로 둥근 빗과 드라이기를 손에 쥐었다. 고데기가 간편하긴 하지만 이것은 좀 더 세밀한 웨이브 컨트롤이 가능했다.

'이런 식으로, 이렇게 하면 됐었지?'

서은하의 머리를 만졌던 감각이 조금씩 되살아나는 기분이었다. 물론 완벽히 똑같지는 않았다. 애장품이라는 힘을 제외하고서도 높은 품질에 길이 잘든 제이킴의 미용도구에 비하면 지금의 가위와 빗은 손색이 있었던 이유였다.

그제야 질 좋은 물건을 아무런 얘기 없이 홀랑홀랑 가져다 쓴 것이 실례였다는 생각이 들었다.

'나중에 꼭 얘기하고 사과해야겠어.'

자리를 비우며 가위를 두고 다닐 정도면 애착은 있어도 집착은 않는 성격인 듯했지만 말이다. 이 여자 저 여자 모두를 사랑했던 카사노바 같은 마인드. 애정표현 또한 진한 것이 꼭 닮은 꼴이었다.

드라이기의 온풍에 닿은 머리가 돌돌 말리며 점차 형태를 갖춰나갔다. 빗질할 때와는 달리 살포시 매만지는 손길에 오소라는 별 불만 없이 거울을 지켜보았다.

"뭐야, 오빠. 생각보다 능숙하잖아."

"후후. 좀 그렇지?"

칭찬에 절로 어깨가 으쓱해졌다.

머리를 마는 작업은 시간이 꽤 걸렸다. 단발이긴 해도 결마다 둥글게 말아야 하는데다 감은 있으나 손과 눈이 그것을 따라가기 버거운 탓이다. 그 때문에 웨이브 하나 줄 때마다 적지 않은 시간이 들어갔다.

"하암~"

처음에는 집중해서 지켜보던 오소라도 이내 눈꺼풀이 무거워져 스르륵 눈을 감았다.

이윽고.

오소라의 머리에 있던 물기가 완전히 말랐다.

"완성…… 어?"

그녀의 머리 형태를 지켜보던 민호가 멈칫했다. 분명히 실수는 안 했는데 상상한 이미지와는 다른 헤어스타일이 탄생한 것이다.

'생각보다 그 맛이 안 사네?'

웨이브를 준 것은 맞으나 TV속 스타가 아니라 거리에서 익히 볼 수 있는 단발여자들의 평범한 스타일이 나왔다. 화장하지 않은 오소라를 보는 것마냥 헤어스타일이 밋밋했다.

'아차, 사람이 달랐구나.'

무슨 머리를 해도 예뻤던 서은하와는 전혀 달랐다. 화장 전후 분위기가 확확 달라지는 오소라에겐 그녀만의 맞춤 헤어스타일이 있었는데 거기까지는 생각하지 못했었다.

'깨기 전에 다시!'

화장이야 한 듯, 하지 않은 듯한 것이 유행이라지만 헤어스타일은 안 한 듯하면 망한 거다.

민호는 분무기를 칙칙 뿌리고 머리를 헝클어 놓은 뒤에 재차 작업을 시작했다. 그러나 결과는 신통치 않았다.

"진짜 이상하네. 왜 할 때마다 웃겨지지?"

다시!

집중해서 해봤지만 누가 봐도 이건 아니올시다였다.

"거참. 에잇!"

재도전!

그러기를 30여 분째.

오소라의 머리에서 손을 뗀 민호는 걱정스러운 표정으로 고개를 돌렸다. 뒤에서 가만히 지켜보고 있던 스타일리스트도 무언가 석연치 않은 표정으로 그와 눈이 마주쳤다.

"……어때요?"

내 책임 아니라는 듯 저만치 피해 있던 스타일리스트가 설레설레 고개를 저었다. 그리곤 오소라가 깰 기미가 보이자 화장실에 가는 척 살그머니 자리를 피했다.

그녀의 성격을 잘 알고 있기에 눈을 뜨면 어떤 일이 벌어질지 대강 답이 나온 까닭이었다. '이따가 불러 주세요' 하는 입 모양에 고개만 끄덕이며 안녕했다.

"휴우."

자업자득. 괜히 담당 스타일리스트 누나까지 곤란스럽게 할 바에는 일차로 그녀의 화를 자신이 감당하는 게 옳았다.

막 눈을 뜨려는 오소라를 민호가 살짝 불렀다.

"저기, 소라야."

"으음."

"다 됐는데 일단 머리부터 새로 감는 게 나을 것 같아."

분무기의 물기만으로 수습하기에는 뭔가 너무 먼 길을 온 듯했다.

"뭐라고요?"

깜박 잠이 들었던 오소라가 눈을 떴다. 그리고 거울에 비친 자신의 모습을 확인했다.

"……."

모든 웨이브에 공을 팍팍 들였다는 것이 확 티가 나는 볼륨감이 가득한 머리. 마치 사바나의 사자가 부스스하게 일어나 밀림의 아침을 맞고 있는 듯한 광경이다.

"이…… 이익!"

"개, 개성은 확실히 있지?"

민호가 궁색한 변명이나마 했지만 이건 폭발하기 직전인 오소라에게 휘발유를 끼얹는 짓이었다.

"개성? 있네요! 아주 넘치게!"

왁 소리 지르던 그녀가 사태의 원흉을 무섭게 쏘아보았다. 어찌나 뾰족했는지 시선이 바늘처럼 쿡쿡 박히는 것 같았다.

"오빠! 우리 그룹이 펑키라인이라고 펑키펌을 한 거야? 이런 건 디스코 할 때나 어울리지. 오늘 무대는 라이벌들이 죄다 칼을 갈고 나오는 위문공연이라고!"

정말 죽을죄를 지었다.

'그래도 나름 잘한다고 한 건데…….'

조심조심 오소라의 눈치를 보았다.

"그게, 정확히 설명은 못 하겠는데 이 느낌보다는 과하지 않은 걸 노렸었어."

"어딜 봐서! 이건 어딜 봐도 작정하고 만든 거잖아!"

"……미안."

"어휴!"

한참 머리를 보고 만지며 입술을 깨물던 오소라가 한숨을 푹푹 내쉬었다.

"됐어. 부탁한 내가 바보지. 언니는 어딜 간 거람!"

담당 스타일리스트를 찾으며 민호를 째려보았다. 애써 누르곤 있지만, 화가 풀리기에는 턱없이 짧은 시간이었다.

민호는 그녀의 강렬한 시선을 피해 주춤주춤 물러났다. 괜히 자신의 손을 보았다. 느낌도 또렷했고 실수도 안 했는데 왜 이렇게 됐을까?

'분명히 잘할 수 있었는데 2% 부족…… 아니, 20%는 부족했나?'

너무 쉽게 생각했었나 보다. 게다가 오소라가 저렇게까지 진심으로 화내고 속상해하리라고는 생각지 못했다.

그렇게 여자의 미용을 너무 가볍게 여긴 것을 반성할 무렵이었다.

"소라야!"

메이크업룸으로 펑키라인의 멤버 민시영이 들어왔다. 동글동글한 인상의 그녀는 복도를 뛰어온 듯 가쁘게 숨을 몰아쉬더니 말했다.

"매니저님이 차가 밀릴 것 같다고 1시간 먼저 출발하자는데…… 얼레? 머리 뭐야? 오늘 다른 그룹 다 죽여 버리자고 작정했어?"

"그.입.다.물.라."

"흐악?!"

오소라의 차가운 포효에 민시영이 괴이한 비명을 내질렀다가 입을 얼른 막았다.

평소보다 진한 스모키 화장을 하고 오소라는 머리까지 저러니 무척 센 누님 같은 포스를 선보이는 중이었다.

"아니, 나 아무 잘못 안 했는데……."

"그래서?"

"아, 아냐. 무조건 내 실수. 죄송합니다."

뒷골목에서 마주치면 빵이라도 사다 드려야 할 것 같은 분위기에 민시영은 움츠러들어서는 중얼거렸다. 민호 역시도 자꾸만 헛기침이 나왔다.

차갑고 불편한 침묵 속에서 민시영은 괜스레 시계만 보았다. 그러다 한 가닥 용기를 내었다.

"그, 근데 소라야. 이제 가야 하는데……."

"지금?"

눈치를 보며 고개를 끄덕였다. 침을 꼴깍 삼키는 그녀에게 오소라가 단호히 고개를 저었다.

"이러고는 절대로 못 가. 차라리 맨머리로 가고 말지."

오소라가 자리에서 일어났다. 한참을 씩씩대다가 그러는 자신이 거울에 비쳤다. 그녀의 얼굴은 거울 속 자신을 보며 점점 망연자실한 표정으로 바뀌어 갔다.

"이게 뭐야. 이게 뭐냐고."

그녀가 짜증스럽게 중얼거리며 입술을 깨물었다.

민호는 오소라의 눈이 촉촉해지는 것을 보았다. 울기 직전의 얼굴이다.

"그냥 제이 킴 실장님 기다리지 말고 후딱 해버릴걸."

힘이 쑥 빠지고 후회만 가득한 모습에 민호는 그야말로 좌불안석이었다. 차라리 조금 전처럼 당차고 왈가닥이었으면 좋으련만.

'머리가지고 저렇게 서러워 할 줄은 몰랐다고.'

가볍게 혹하는 마음으로 너무 섣부른 실수를 했다. 정말로 미안해진 민호는 깊이 반성하며 담당 스타일리스트를 부르려 했다. 그러다 번뜩 스치는 생각이 있었다.

구원투수인 그녀를 부르면 저 머리를 수습해 줄 순 있을 것이다. 하지만 제이 킴 실장의 실력이면 어떨까? 무시하는 건 아니지만, 담당 스타일리스트 누나보다는 조금 더 낫지 않을까.

'또 실례!'

사과하고 허락받은 다음에 쓰려고 했지만, 상황이 급하니 어쩔 수 없었다. 나중에 꼭 어떤 식으로나마 보답할 테니 우선은 쓰고 보자.

샤샥, 눈치를 살핀 민호는 잽싸게 제이 킴의 가위를 거머쥐었다.

오소라의 귓가로 느긋하고 다정한 목소리가 들렸다.

"소라야."

"왜요!"

거울 속 사바나의 사자가 무섭게 포효했다. 사람 꼴을 이렇게 만들어놓고는 뭐가 재밌다고 생글생글 웃고 있는 거람!

"릴렉스. 릴렉스 해~"

하지만 제이 킴의 가위를 쥔 민호는 조금 전과는 다르게 대꾸할 수 있었다. 아까는 막막했던 처참한 저 헤어에 심폐소생술을 할 가능성이 딱 비쳤다. 그리고 비로소 오소라를 자신 있게 보았다.

역시, 전문가의 시선은 뭐가 달라도 다르다.

"다시 앉아봐. 내가 예쁘게 마무리해 줄게."

"이래 놓고 무슨!"

"노노~"

째깍째깍!

손에 쥔 가위로 소리를 낸 민호가 싱긋 웃었다.

"평소에 네가 너무 보브펌만 하고 다녀서 새로운 느낌 한번 줘본 거야. 앞쪽을 벼머리 스타일로 땋아 넘기고 헤어왁스로 옆머리 고정시키면 그 원피스랑 어울리는 진짜 세련된 스타일이 나올 거라고."

한가득 고여 있는 눈물을 흘리기 직전, 뭔가 전문적인 말에 오소라는 민호를 힐끔 보았다. 아까랑 지금이랑은 같은 사람이지만 풍기는 느낌이 달랐다.

표정에서 보이는 자신감부터 여유까지 묻어나는 모습. 마치 '지금까지는 장난이었어' 하는 듯해 보였다. 익살스러운 그 모습에서 제이 킴 실장의 장난기와 여유가 겹쳐 보이는 건 왜일까?

'씨! 두 번 속을 거 같아?'

꾹꾹 누른 화를 뜨겁게 불태우는데 민호의 씩 웃은 모습이 딱 보였다. 맞아, 여기서 망가져 봐야 어디까지 가겠어?

오소라는 치아를 꽉 물고는 말했다.

"진짜야?"

"노 프라블럼~ 오빠 한 번만 더 믿어봐."

저 제이 킴스러운 대꾸라니.

고민하던 오소라가 결심했다.

"만약 이번에도 놀리는 거면……."

뽀드득! 이를 갈았다.

"진짜 죽일 거야."

"무, 문제없어. 하하하!"

설마 진짜 죽이겠냐만, 다신 얼굴 안 볼 기세였다. 그렇게 질러 놓고는 이젠 될 대로 되라는 심정으로 의자에 앉았다.

대신 이번에는 절대로 눈을 감지 않았다. 시퍼렇게, 똑바로 뜨고 어떻게 하는지 민호를 꼿꼿한 시선으로 노려보았다.

'실수만 해봐, 정말로 가만 안 있을 테야!' 하는 살벌한 모습에 민호가 짐짓 몸을 떨었다. 물론 오소라에게 보이는 장난스러운 제스처일 뿐.

본격적으로 시작할 때는 완벽하게 제이 킴에 빙의되어 몰입했다.

“자, 그럼 시작해 볼까?”

민호는 즉시 오소라의 앞머리에 손을 댔다. 머리칼을 한줌 쥐어 섬세하게 땋아 내리는데 그 속도가 경이적인 터라 옆에서 지켜보던 민시영과 노려보던 오소라 모두 휘둥그레 눈을 떴다.

시영은 처음 봐서 놀랐고 소라는 아까와 달라서 놀라웠다. 신속하고 자연스럽기 그지없는 손놀림이 계속 이어졌다.

“앞쪽은 얼추 됐고.”

왁스 뚜껑을 열어 양손에 잔뜩 비빈 민호가 오소라의 옆머리에 손을 올렸다.

조물조물. 민호의 손길을 따라 펑퍼짐했던 머리가 가라앉으며 적당한 수준의 물결진 머리가 되어갔다.

화난 수사자가 거울에서 사라져 갔다. 동물이 사람으로 탈바꿈하는 마술의 손놀림이다. 생각한 대로, 원하는 대로 만들어갈지니 이것이 진정한 프로의 실력!

“짜잔! 이것이 미스 오 스타일~”

민호가 손을 떼고 물러났다.

앞머리는 귀여운 풍임에도 전체적으로 고혹적인 미가 공존하는 독특하면서도 튀어 나가지 않는 스타일이 탄생했다.

“세상에.”

거울로 그것을 본 오소라는 입이 벌어지지 않을 수 없었다.

"아깐 도대체 왜 그따구로 한 거야?"

"아까? 뭔 일 있었어? 허…… 엑!?"

자신도 모르게 '허니'라고 대꾸하려던 민호가 얼른 고개를 내저었다. 아까 본 제이 킴의 모습을 너무 상상해선지 지나치게 몰입해 버렸다.

얼른 가위를 싹 닦아선 제자리에 두었다. 이제 진짜 한시름 놓았다.

"아직 한 20분 남았네. 가서 차라도 한잔하고 출발해. 아무튼, 이젠 됐지? 만족?"

민시영과 함께 이리저리 머리를 보고 또 보던 오소라가 비로소 방긋이 웃었다.

"오빠."

오소라가 민호를 부르며 자리에서 일어났다. 그리고 성큼 다가왔다. 설마, 그건 그거고 이건 이거라는 건 아니겠지?

"야, 잘됐다며. 너 오빠 때리면 당장 신고할……."

"가만있어 봐요. 자랑 좀 하게."

"어?"

움찔한 민호가 물러서려는데 오소라가 팔짱을 슥 끼었다.

'으잉?'

휴대폰을 쥔 손을 앞으로 쭉 내민 오소라는 카메라 렌즈

쪽을 향해 활짝 웃어 보였다. 민호도 엉겁결에 '김치~' 하고 발음했다.

찰칵.

졸지에 오소라와 셀카를 찍게 된 민호가 멍해 있는 사이, 오소라는 휴대폰을 조작해 사진을 곧바로 청춘일지 대화방에 올렸다.

[이거 민호 오빠가 해준 머리!]

[정말요? 대에에박!]

가장 먼저 반응이 온건 구하연이었다. 그리고 나서 연속적으로 '나도 해줘요, 민호 씨!', '둘이 뭐야? 같은 소속사라고 엄청 친하게 지낸다!' 같은 메시지가 이어졌다.

'뭐냐? 이거.'

조금 전까지만 해도 폭발하기 직전의 활화산이었는데 이젠 살랑살랑 꽃향기 날리는 꽃밭이 되었다. 실로 좌충우돌하는 성격에 얼떨떨할 따름이다.

아무튼, 상황은 잘 종료된 거 같다.

"뭐하는 거야? 내 얼굴 이상하게 나왔어?"

"아니요. 잘 나왔어요."

키득키득 웃던 그녀는 휴대폰을 내리고는 머리를 가리켰다. 아까는 볼 때마다 터질 것처럼 새빨개지더니 이번엔 볼수록 웃음꽃이 만발해지는 모습이었다.

"머리 고마워요. 근데 데뷔 전에 미용 학원이라도 다니셨어요?"

"그냥 좀. 관심 정도? 대단치는 않아."

"에이. 제가 만질 줄은 몰라도 보는 눈은 있어요. 이 솜씨 엄청난 거예요!"

민시영 역시 '옳소!' 했다.

"민호 오빠. 저도 다음에 해주시면 안 될까요?"

안 될 소리였다. 방금도 식은땀 흘리기 직전이었고만 또 이걸 자초하라니!

"어, 안 돼."

"으에?"

"난 프로게이머야. 게임 가르쳐 달라는 거면 얼마든지 해줄게."

"우우!"

민시영의 야유에 오소라가 웃었다.

"히힛. 너랑 달리 난 오빠랑 친하지롱."

"으으! 치사해."

약 올리는 오소라였지만, 그사이 민호는 절대로 아무에게나 스타일 잡아준다는 둥 말하지 않기로 굳게 다짐하고 있었다.

"암튼 민호 오빠는 진짜 능력자 같아. 못하는 게 대체 뭐예요?"

"이제부터 미용은 무조건 못할 계획이지."

"네?"

오소라가 꼭 달라붙어 대화하는 도중에 그녀의 휴대폰이 울렸다.

[소라 언니! 근데 왜 민호 오빠 번호 안 가르쳐 줘요? 나도 좀 만나자아아아ㅏㅏㅏㅏ! 욕심쟁이! 욕심쟁이!]

막 도착한 구하연의 메시지를 확인한 오소라가 눈살을 살짝 찌푸렸다. 무슨 일이냐는 듯한 민호의 시선에 오소라는 휴대폰을 닫으며 말했다.

"이 머리 오빠가 해줬다니까 다들 난리네요. 하연이는 전화번호 달라고 계속 졸라대고."

'어차피 한 다리 거치면 다 아는 거 아니야?'

민호는 귀엽게 굴던 구하연을 떠올리고는 별생각 없이 말했다.

"가르쳐 줘도 돼."

"안 돼요."

"응?"

오소라는 민호의 말이 끝나기 무섭게 칼같이 잘랐다가 분위기가 어색해 짐을 느끼고 재빨리 얼버무렸다.

"개가 얼마나 여운데. 다음 주 한밤 인터뷰 때 만날 테니 그때 얘기해 봐요. 열애기사라도 뜨면 서로 좋을 게 없으니까 정말 관심 있을 때만 번호 받고.”

“관심이야 진작…….”

“아! 이제 출발해야지. 시영아. 늦었어. 어서 가자!”

오소라는 이렇게 말하고 황급히 메이크업룸을 나섰다.

“아무튼, 고마워요, 오빠! 내가 나중에 한턱 크게 쏠게요!”

“오빠, 저도 나중에 봬요!”

“급하다며!”

“그, 그렇게까진 아닌데. 으아앗!”

시영을 와락 끌고 가는 소라였다.

민호는 손을 흔들어 준 뒤에 거울을 바라봤다. 한 모퉁이로 오소라의 담당 스타일리스트 누나가 살며시 이쪽 동향을 살피는 모습이 보였다.

“꽤 기다렸는데 안 부르시길래요. 어떻게, 잘 마무리되었나 봐요?”

“네. 생각보다 소라가 착하더라고요.”

“이상하네요. 그런 성격이 아닌데…….”

고개를 갸웃하는 그녀였다. 민호는 혹시나 해서 제이 킴의 가위를 가리켰다.

“저 가위 제가 잠깐 썼어요. 실장님 애장품일 텐데 혹시 뭐라고 하시면 제게 말씀해 주세요.”

'애장품?' 하고 갸웃거린 스타일리스트가 제이 킴의 가위를 들었다.

"괜찮아요. 물건을 아끼시긴 해도 취급을 제대로 하시진 않거든요. 들고 다니면 어디다 잃어버릴까 봐 다른 물건도 죄다 여기 놔두시곤 하세요. 저희들도 가끔 실장님 센스를 닮아볼까 쓰는걸요."

민호는 다행이라 생각하다 잊고 있던 게 생각났다.

"제가 데모 촬영이 있는데, 좀 부탁해도 될까요?"

"네, 물론이죠."

민호가 의자에 앉음과 동시에 메이크업룸은 비로소 평화를 되찾았다. 질서정연한 가위질 소리를 자장가 삼아 민호는 잠시 눈을 붙였다.

데모 촬영은 저녁 늦게야 끝났다.

민호는 T브랜드의 작년 분기 옷을 잔뜩 싸들고 온 공 매니저 덕분에 정말 원 없이 옷을 입어 보았다. 그럼에도 사진작가로부터 OK 사인을 받은 컷은 많지 않았다.

'서 있기만 했는데 지친다, 지쳐.'

화보의 스타일은 광고 촬영을 하는 당사자의 주문에 맞게 변경되기에 맞춤형이 필요했다. 그렇게 해서 건진 스타일은 내일 아침 일찍 임소희 사장의 방에 올라가 결재를 맞게 될 것이다.

"고생하셨습니다."

"공 매니저님도요."

민호는 밴을 몰고 떠나는 공 매니저를 향해 손을 흔들었다. 오늘 다 못한 인터뷰 준비는 화보 촬영이 끝난 다음 날 또 해야 했다.

그야말로 힘겨운 같은 한 주가 될 것만 같은 기분. 지난주 율치리에서의 고생처럼 하고 난 뒤 보람이 찾아올지는 겪어봐야 알 일이었다.

"호리병 따서 술 한잔 거하게 먹고 푹 쉬어야지."

진짜론 딱 한 방울일 뿐이지만 뭐.

'먹다 보면 언젠간 늘지 않겠어?'

등을 돌려 숙소를 올라가는 현관에 도달했을 즈음이었다. 민호는 입구 옆에 아른거리는 그림자를 발견했다.

담벼락에 기대어 꾸벅꾸벅 조는 누군가.

모자를 푹 눌러쓰고 있는 아담한 체구의 아가씨였다. 좀 더 가까이 다가가니 등에 기타를 메고 있는 것 같았다.

'음악이라도 하는 사람인가?'

가로등 불빛에 모자 아래의 얼굴이 드러났다.

"어? 이설아."

민호의 목소리에 윤이설이 눈을 반짝 떴다. 그녀는 자리에서 황급히 일어나더니 배시시 웃었다.

"오셨어요."

"어, 왔어."

물어보길래 대답했다가 이게 아니다 싶었다.

"근데 이 시간에 여기 왜 있어?"

하품하느라 말이 끊긴 윤이설이 메고 있던 기타를 툭 쳤다.

"들려 드리고 싶은 게 있어서요."

"이 밤에?"

"오늘 막 신곡 작업이 끝났거든요. 가장 처음 들려 드리고 싶어서 게임단 홈피에 들어가 주소를 좀 찾아봤어요."

아니, 그게 뭐 그리 급한 거라고 야밤에 여기까지 찾아와서 기다리고 있단 말인가.

"전화라도 해놓지."

"그러면 깜짝 선물이 아니죠. 그래도 통금 시간 아슬아슬하게 만났네요. 10시 반까지 안 오시면 내일로 미루려고 했는데."

11시가 다 되어가는 시각까지 얼마나 자신을 기다렸을지 모를 윤이설을 보며, 민호는 미안하기도 하고 한편으론 고마웠다.

카페에서 그녀를 도와준 건 단순히 재미있어서 시작한 것일 뿐이었다. 언제 도착할지 모를 누군가를 막연히 기다리게 만들 정도의 도움이었는지는 고민해 봐야 할 일이었다.

"그래도 이렇게 보게 돼서 정말 다행이에요. 깜짝 놀라니 좋죠? 그죠?"

윤이설은 아쉬운 발걸음을 하지 않았다는 것에 먼저 좋아했다.

민호도 그것을 보고 흐뭇해졌다. 단지 귀엽다고만 생각했었던 윤이설인데 지금은 정감이 갔다. 이런 여동생이 집에서 기다리고 있다면 퇴근길도 룰루랄라 즐거워질 것이다.

"새 노래인 거야?"

"네! 며칠 만에 뚝딱 작곡했어요."

수줍게 웃는 윤이설의 눈동자엔 어느새 졸음기가 사라지고 음악에 대한 열정이 들어찼다. 그 눈빛과 마주한 민호는 가슴 한구석이 정화되는 듯한 기분이었다.

"오빠 식구들 있는 곳에서 기타 치기는 좀 그렇고."

그녀는 숙소의 창문을 가리키고 어깨를 으쓱했다.

"어디 조용한 곳 없어요?"

연주해도 될 만한 곳이라면.

"요 앞 놀이터에는 사람 없을 거야."

"가요!"

정말 잘됐다며 두 손을 꼭 맞잡은 그녀가 먼저 민호의 팔을 잡아끌었다.

가로등 불빛이 은은한 조명이 되어버린 야외 특설 무대. 놀이터의 정글짐 위에 자리 잡은 윤이설은 1인 관객이 되어 그네에 걸터앉은 민호를 바라보며 조용히 심호흡했다.

"아, 긴장되네요."

"이게 뭐라고. Once처럼 평가하고 그런 무대가 아니니까 맘 편히 해."

민호의 말에 윤이설은 싱긋 웃어 보였다.

"그러니까 더 떨리는 거예요. 오빠 생각…… 아아니! 덕분에 만든!"

"응?"

"오, 오빠처럼 실력 좋은 프로듀서 앞이니까요."

"괜찮아. 괜찮아. 오늘은 감상만 할 테니까."

곡에 대한 전문적인 조언을 해주려면 카페로 가야 했기에 민호는 일부러 밑밥을 던져두었다. 지금은 그저 순수하게 음악을 감상하는 마음으로만 대할 생각이었다.

윤이설은 기타를 무릎에 올리고 주머니에서 꼬물꼬물 무언가를 꺼냈다.

"요 곡에는 중간에 하모니카 반주도 들어가요."

그녀가 하모니카를 목에 거는 사이 민호는 그네에서 벌떡 일어서고 말았다. 그녀가 쥐고 있는 하모니카에 애장품의 빛이 어려 있던 것이다.

윤이설은 민호의 갑작스런 움직임에 놀란 토끼 눈이 됐다.

"왜요?"

"아니야. 계속해."

민호는 아무렇지 않은 척 표정을 관리하며 하모니카를 가리켰다.

"그거 이설이 네 거야?"

"네. 저희 할아버지가 쓰시던 건데 오래됐긴 하지만 소리는 잘 나와요."

준비를 끝마친 윤이설은 발끝으로 까딱까딱 박자를 타더니 곧바로 기타 줄을 튕겼다. 부드러운 화음이 첫 음을 짚어주자 그녀의 얼굴에 화색이 돌았다.

"곡명은 '반짝이는 별'이에요."

짝짝짝.

환영하는 민호의 박수가 끝나고, 윤이설의 허밍으로 노래가 시작됐다.

"아……."

민호는 맑은 음색으로 치고 들어오는 도입 부분부터 나직이 감탄사를 터뜨렸다.

귀가 호강한다는 것이 이런 것이리라. 듣는 순간 몸 안에 감성을 자극하는 세포가 파르르 떨려올 만큼 매혹적인 멜로디였다.

누가 그랬던가. 사람이 연주할 수 있는 가장 아름다운 악기는 바로 목소리라고. 고요하던 놀이터 안을 감미롭게 달구고 있는 윤이설이란 악기가 꼭 그러했다.

전문적인 평가를 할 수 없는 상황임에도 민호는 이 노래가 좋다고 확신할 수 있었다. 1절이 끝나고 하모니카와 기타로만 이루어진 간주 부분이 이어질 때는 스르륵 눈이 감기기까지 했다.

별빛이 한 아름 내리는 밤.

놀이터라는 이색적인 소극장.

민호는 귓가에 맴도는 아름다운 앙상블에 흠뻑 취했다. 이윽고 2절이 끝났을 때야 푹 젖어들었던 멜로디에서 빠져나올 수 있었다.

"어, 어때요?"

"나는 마음에 들어."

"진짜죠?"

윤이설이 오른 주먹을 꽉 쥐고 '좋았어!' 하는 동작을 취했다. 기분이 좋아진 그녀는 기타를 내려놓고 정글짐 위를 이리저리 거닐며 까르르 웃었다. 그러며 또 다른 멜로디를 흥얼거리는 것이 아마도 좋은 악상에 빠져든 것으로 생각됐다.

'그새 아이디어가 떠올랐나? 싱어송라이터라더니 얘가 진짜 재능 있네.'

방긋이 웃었다가 두 볼을 감싸며 부끄러워도 하더니 어깨가 들썩이도록 웃음을 꾹 참기도 했다. 그 모습이 작은 새를 보는 듯해서 저절로 민호의 기분까지 상쾌해졌다.

다른 사람들은 볼 수 없는 반짝임. 윤이설의 목에서 흔들리는 하모니카의 옅은 빛까지 더해져 신비롭기도 하였다.

마치 '이리 와. 내가 궁금하지 않아?' 하고 하모니카가 자신을 부르는 것 같았다.

"이설아."

"넷?"

윤이설은 민호의 나긋한 부름에 무슨 말을 들을지 잔뜩 긴장했다가 그의 시선이 가슴 부근을 빤히 보는 것에 깜짝 놀랐다.

"그거."

"네!?"

"나 그거 한 번만 불어 봐도 돼?"

"부, 불기는 뭘 불어요!"

"하하. 좀 그랬지. 소중한 할아버지 건데."

그제야 목에 차고 있는 하모니카를 향하고 있음을 확인하고 윤이설이 얼굴이 빨갛게 달아올랐다.

“여기, 여기 있어요. 한 번 부는 것쯤이야 괜찮죠.”

버둥버둥 얼른 벗어서는 하모니카를 건넸다. 그러자 시무룩해 있던 민호가 반색했다.

“진짜? 고마워!”

“에헴. 그거야 뭐.”

이설은 하모니카를 받고는 잠시 눈을 감는 민호에게 물었다.

“근데 하모니카 다룰 줄 아세요?”

“아마도 이거 한정으로 될 거야.”

뚱딴지같은 대답에 되물으려던 그녀는 민호가 하모니카에 입을 가져가자 오른손으론 하모니카를, 왼손으론 자신의 입술을 매만졌다.

“그거 간접…….”

그러며 괜히 입술이 바짝 마르는지 혀를 내밀었다.

한편, 민호는 애장품의 하모니카의 능력을 찾고 있었다. 은은하게 감돌던 빛이 사라졌음을 확인하고 가만히 이 애장품의 능력이 무엇일지 느껴보았다.

음악적인 심상이 떠오른다거나 하진 않는 것을 보니 단순한 연주와 관련된 것 같았다. 그럼에도 윤이설에 대해 전에 없던 포근한 감정이 묻어나오는 것을 보니 할아버지가 그녀를 무척 아꼈다는 것은 알 수 있었다.

민호는 하모니카를 입에 물고 이상건의 기타처럼 되는대로 몸을 맡겼다.

숨을 내쉬고 마시며 소리가 나는 작은 음악 상자.

손바닥만 한 악기에서 잔잔하게 흘러나오는 서정적인 음색에 윤이설의 귀가 쫑긋했다.

"이거 방금 제가 부른 노래잖아요."

윤이설이 허밍으로 불렀던 도입부의 멜로디가 하모니카를 통해 흘러나왔다.

"어라? 이 하모니카 '라'가 플랫되서 주의해야 하는데 그걸 아시네요?"

민호는 하모니카 연주에 심취해 이미 혼자만의 세상 속으로 빠져든 상태였다. 윤이설은 물끄러미 민호를 지켜보다가 그의 옆에 자리 잡고 하모니카 음에 맞춰 기타를 반주하기 시작했다.

아무도 듣지 않는 둘만의 듀엣.

윤이설은 그럼에도 그 어느 무대보다 만족스럽다고 느껴졌다. Once에서 합주했을 때만큼 행복한 음악에 절로 기분이 좋아졌다.

"참 좋다. 정말 좋아요, 오빠."

하모니카로 절정 부분의 멜로디를 연주 중인 민호에게 윤이설의 소감이 들렸다. 민호 역시 고개를 끄덕였다. 역시 그녀의 음악은 정말 좋았다.

연주를 마치고 여운을 함께 즐겼다. 가만히 앉아서 그네의 삐걱거리는 소리만 들리는데도 꼭 음률이 속삭이며 이야기를 주고받는 기분이었다.

실제로 둘만의 공간에 작은 촛불을 두고 마주 보듯 두런두런 이야기도 나누었다. 그러며 민호에게 작은 욕심이 일었다.

이렇게 좋은 곡. 지금도 아름답지만, 더 멋지게, 더 대단하게 연주하면 어떨까? 여기선 불가능하지만, 그곳에 가면 가능하다.

민호는 그녀를 위해 택시를 잡아주고는 헤어지기 직전에 그 뜻을 살짝 비쳤다.

“다음 주 홍대 스케줄 있으니까 Once에서 다시 한 번 들어도 될까? 괜찮으면 그땐 확실히 말해줄게.”

“약속했어요!”

윤이설은 새끼손가락을 걸고 몇 번씩이나 확인 도장을 찍은 후에야 택시에 올라탔다. 민호는 출발하는 윤이설에게 손을 흔들어 보였다.

숙소로 돌아가는 길에 자꾸만 하모니카가 떠올랐다. 에어 기타를 치듯 아까 하모니카 쥐었던 손 모양을 하고는 휘파람을 불었다.

'재미있었어.'

하모니카는 기타만큼 매력적인 악기였다. 크기는 한 뼘 정도밖에 되지 않는 악기에 음이 50개나 되고, 숨을 들이마실 때도 내실 때도 소리가 났다.

윤이설은 아주 어릴 때 하모니카를 물려받아 음악적 감수성을 키웠다고 한다. 자신도 어릴 때부터 악기를 다뤘으면 이상건이나 윤이설만큼 할 수 있었을까?

"아서라, 아서."

민호는 고개를 휘휘 저었다.

연주야 그렇다 쳐도 노래는 방법이 없었다. 가람이 수준의 음치는 아니지만, 썩 잘한다는 평도 들어본 적 없는 수준이었으니까.

'어쨌거나 오늘 하루도 알찼어.'

침대에 누우면 곧바로 기절할 것 같은 밤이었다.

그렇게 민호가 콧노래를 부르며 숙소 문 앞에 막 도착했을 때였다.

띠링!

휴대폰에 문자가 하나 왔다.

메시지함을 열어본 민호는 이미 여러 개의 문자가 와있는 것을 확인했다.

[행사 끝나고 서울 가는 길인데, 오늘 오빠 덕분에 대박! 인기 최고였어요. 다음 주 인터뷰 때 봐요. 보답으로 팍팍 밀어줄 테니까.]

'오호!'

오소라의 문자였다. 수습할 수 없었던 사자머리의 악몽이 도리어 전화위복이 된 셈이었다. 숱하게 인터뷰를 해봤을 오소라가 도와준다면 분량 확보는 확실할 터였다.

민호는 '믿어 보겠네, 전우여'라는 답장을 보낸 뒤 다음 문자를 확인했다.

[데모 촬영은 잘했어요? 이거 작년 저랑 찍은 남자 모델분 사진인데 참고해 보세요.]

서은하와 남자 모델이 포즈를 잡고 서 있는 사진 하나가 전송되어 있었다. 서은하는 당연히 예뻤으나 남자 모델은 서은하만큼의 임팩트가 없었다.

이러니 교체됐겠지.

민호는 걷던 도중 남자 모델과 비슷한 포즈를 취해보았다. 그리고 셀카를 한 장 찍었다.

"음…… 나도 갈리는 거 아냐?"

정말 열심히 찍지 않으면 같은 신세가 될지도 모르겠다는 위기감이 엄습했다. 민호는 서은하에게 '잘 부탁드립니다,

대선배님! 제가 이상한 포즈 취하면 바로바로 찔러 주십시오!'라는 문자를 정성 들여 써 보냈다.

띠링.

그사이 문자 하나가 더 도착했다.

[약속했어요!]

새끼손가락 모양의 이모티콘까지 붙인 것이 윤이설의 문자였다. 음악적인 부분은 분명 천재 같은데 그 외적인 부분은 덜렁거리는 소녀일 뿐인 그녀는 아이돌에 해박한 지식을 갖춘 민호가 봤을 때 국민 여동생으로 발돋움할 수 있는 잠재력이 충분한 아가씨였다.

'집에 잘 들어가고. 그날 하모니카도 꼭 들고 와.' 문자를 보내자 '네에!'라는 답장이 곧장 왔다.

숙소의 문고리를 막 잡았을 무렵, 민호는 한 가지 사실을 깨달았다. 그러고 보니 다음 주 스케줄은 내내 이들 세 명과 만난다는 것. 눈은 분명 호강할 것이지만 몸은 얼마나 일에 허덕일지 아직은 미지수였다.

'뭐, 열심히 하면 잘들 되겠지.'

긴 하루여서 그런지 무척 피곤했다. 고민은 다음 주의 숙제로 남겨 두고 숙소의 문을 열었다.

---

Object : 손녀 사랑 하모니카.

Effect : 윤이설이 작곡한 곡을 잔잔하게 연주할 수 있다.

# 12.
# 패션 액츄얼리

화보 촬영 스케줄이 시작되는 화요일의 아침. 민호는 여느 때보다 군기가 팍팍 든 상태였다. 촬영에 대한 부담감이나 긴장이 아니었다. 바로 지난주에 약속했던 대로 서은하와 함께 출근하는 날인 이유였다.

그 때문에 우크라이나 사태, 홍콩 우산 혁명, 중동 무장세력과 서방세력과의 갈등과 딜레마 등등 정치학과 관련된 국제 이슈들을 잠들기 직전까지 많이도 공부했었다. 이 정도면 잠깐 차량에 동승하는 시간 동안은 충분히 대화할 수 있을 것이다.

'스마트한 이미지! ……어휴.'

졸리고 힘들었지만, 서은하의 반짝이는 화보를 보며 이겨

냈다. 그녀 앞에서 쪽팔릴 바에는 멋진 남자로 당당히 있는 거다. 이 정도 노력쯤은 감수할 수 있었다. 꽉꽉 채운 호기와 자신감만큼 밴에 오르는 민호의 목소리도 우렁찼다.

드르륵!

"좋은 아침입니다!"

차 문을 열며 인사하자 공 매니저가 웃으며 답했다.

"좋은 아침입니다, 강민호 씨. 이거 기합이 단단히 들어가셨군요. 기대됩니다!"

"물론이죠."

밴에 올라탄 민호는 준비한 향수를 삭삭 뿌린 후 손으로 향기를 구석구석에 날렸다. 그 모습이 흡사 공작새가 깃 하나하나를 손보며 단장을 하는 모습 같았다.

시동을 걸며 공 매니저가 물었다.

"어제는 훈련에 매진하신다더니 성과는 있으셨습니까?"

펜타스톰 후반기 일정이 확정됐기에 즐겜이 아니라 빡겜 모드에 돌입했지만 늘 겪어오던 일이기에 피곤할 건 없었다. 더불어 열정적으로 훈련할 수 있는 것도 8강에 든 게이머의 특권이었다. 탈락한 사람은 불타오르고 싶어도 그러지 못했다.

"보람 있었죠."

자신에 찬 미소에 공 매니저가 크게 고개를 끄덕였다.

"역시 믿음직하십니다. 항상 좋은 결과 있기를 기대하며, 일정대로 서은하 씨 댁부터 가겠습니다."

아름다운 그녀와의 만남! 기대 반, 긴장 반으로 엉덩이를 들썩이는 그에게 공 매니저가 묘한 이야기를 덧붙였다.

"서은하 씨 집에 가시면 한 가지 주의하실 점이 있습니다. 정확하게는 주의할 '분'이 있다는 거겠네요."

"무서운 사람이라도 있나요?"

"예. 서은하 씨 아버지십니다."

대로를 주행하며 공 매니저가 살짝 어깨를 떨었다.

"절대 서은하 씨 아버지와 눈을 3초 이상 마주 보면 안 됩니다."

"네?"

보는 사람을 돌로 만들거나 저주를 거는 것도 아닐 텐데 대뜸 보지 말라니? 이를 되물으니 공 매니저는 짧게 대꾸했고 민호 역시 지금까지와는 다른 의미로 긴장하게 되었다.

"현직 강력계 형사십니다."

"혀, 형사요?"

익숙하지 않은 직업군이라 그럴까. 잘못한 것도 없는데 괜히 신분증을 찾고 옷매무시를 정돈하게 됐다. 관심 있는 서은하의 아버지라서 더욱 그러하기도 했다.

"범죄자들을 상대해서 그런지 묘한 압박감이 시선에 있으세요. 사람 좀 만났다고 자부하는 저도 긴장되더군요."

"은하 씨 봐서는 부모님께서 교직에 계시는 줄 알았는데요."

"좀 의외지요?"

민호가 고개를 끄덕이는 것을 끝으로 공 매니저는 다시 운전에 집중했다. 그렇잖아도 머리에 가득 구겨 넣기 바빴던 정치 지식이 무서운 형사와 맞물려 어지럽게 꼬이고 있었다.

시원스레 뚫린 도로를 달려서 도착한 강북의 주택단지.

"이런, 벌써 나와 계시네요."

공 매니저는 서은하의 집 앞에 서 있는 장신의 남자를 보고는 침을 꼴깍 삼켰다. 민호 역시 뒷좌석에서 안 보는 척 힐끗 그를 보았다.

듣던 것보다는 그다지 무시무시하지도 괴물 같지도 않은 보통의 얼굴에 어디에서나 볼 수 있을 법한 아저씨 스타일의 티셔츠를 입은 남자였다.

그러나 팔짱을 끼고 있던 그가 다가오는 밴을 향해 시선을 보내는 순간 민호는 절로 두 손을 무릎 위에 가지런히 모았다. 실로 '날카롭다'라는 느낌이 이런 거구나, 피부로 확 닿는 기세가 있었다.

강북 경찰서의 수사 2반 반장인 서철중.

그가 지키는 대문으로 밴이 슬금슬금 다가가 엎드리듯 멈춰 섰다. 공 매니저는 시동을 끄자마자 달려 나갔다.

"오랜만에 뵙습니다, 은하 아버님."

"어서 오게. 우리 은하 데리러 왔다고?"

낮게 깔리는 서철중의 음성. 마치 범죄현장에서 끔찍한 장면을 본 직후 사건보고를 하는 듯 톤이 묵직했다. 강렬한 눈길로 단박에 공 매니저를 꿰뚫은 그에게 공 매니저가 빠릿빠릿하게 보고했다.

"네! 이번에 스케줄이 겹쳐 이 차로 모시게 됐습니다. 서은하 씨는 안에 계십니까?"

"금방 나올 거네."

서철중은 공 매니저의 어깨에 살짝 묻은 누런 흔적을 가리켰다.

"집에 애가 속이 좀 안 좋나 보군."

"이유식에 적응하는 시기라……."

"고생이 많아. 그런데 이쪽은 누구지?"

서철중은 공 매니저에게 더 볼 것이 없다는 듯 막 차에서 내린 민호에게 시선을 돌렸다.

'이크.'

민호는 공 매니저가 등 뒤로 손가락 3개를 편 것을 확인하고 깊숙하게 허리를 굽혔다.

"처음 뵙겠습니다. 서은하 씨 회사 동료, 강민호라고 합니다."

"아, 자네가 민호였군."

또박또박, 침착하게. 민호는 최대한 시선을 3초 이상 마주치지 않은 채로 대화를 이어 나갔다.

"은하에게 얘기는 들었네. 딸애를 자주 도와줬다지?"

민호는 급히 손사래를 쳤다.

"자주라니요. 레포트 쓸 때 옆에서 이야기를 들어준 것 정도입니다."

"회사 동료가 레포트를 도와줬다 이거군. 그럼 단순한 동료는 아니겠어."

중얼거리는 그를 보며 아차 싶었다. 처음 듣는다는 저 말뜻을 보면 서은하에게 자신에 대해 조금도 듣지 못했음이 분명했다. 즉, 그녀에게 이야기를 많이 들었다고 한 밑밥부터가 유도신문이었다.

"궁금한 게 더 있는데."

"네?"

당황한 민호는 그만 서철중의 눈을 길게 마주 보고 말았다. 내 앞에서 거짓말은 절대 용납할 수 없다고 단호히 말하고 있는 서철중의 눈빛에 민호는 옥죄는 기분과 함께 왠지 충실한 사명감마저 들었다. 꼭 협조해야 할 것 같고 모두 대답해야만 될 것 같았다.

그냥 경찰이 불심검문을 한다면 울컥하는 심정이라도 들었을 텐데, 서철중의 눈빛은 그들과는 뭔가 달랐다. 토끼가 호랑이를 앞에 두면 심정이 이럴 것 같다는 생각이 뇌리에 딱 들었다.

"무슨 일을 하고 있지?"

"프로게이머입니다."

"결혼은?"

"아직 미혼입니다."

"약혼한 상대는 있고?"

"없습니다."

"사고 친 적은?"

여기서 멈칫하자 서철중이 씩 웃었다.

"검색하면 다 나와."

"펴, 평범하게 지냈습니다."

"옳지. 그리고……."

한번 기세가 눌리자 버튼을 누르면 대답이 나오는 자판기처럼 술술 이야기할 수밖에 없었다.

민호는 좌불안석이 되어 공 매니저에게 도움을 청하는 눈빛을 보냈지만, 이건 공 매니저도 어떻게 수습할 수 있는 부분이 아니었다. 그저 폭풍이 잠잠해지길 기다릴 수밖에.

쉴 틈 없이 몰아치는 질문 공세에 민호가 정신을 못 차리고 있는 와중에 서철중이 지나가듯 물었다.

"우리 은하 예쁘지?"

"아주 예쁩니다."

이건 일고의 고민도 필요 없었다. 문제는 다음 것.

"그래서 은하를 어떻게 생각하지?"

'애인 만들려고 머리에 쥐나도록 공부 중이라고 했다간……!'

어떻게 될지 불을 보듯 뻔했다. 가까스로 정신을 차린 민호는 초반 러쉬를 막기 위해 0.5초 만에 의사결정을 해야 했던 지난 경기 때보다 더욱 빠르게 머리를 굴렸다.

"현명한 아가씨입니다. 무척 올곧고 명확한 목표의식이 있는. 수준이 맞지 않으면 대화도 힘들어서 아버님께서 걱정하실 법한 문제는 전혀 일어나지 않으리라 생각됩니다."

피식.

"그래?"

서철중은 취조할 때의 형사 그 자체가 되어 민호의 전신을 훑었다. 애써 숨겼지만 다 들켰다.

"아직 호감만 있는 단계라 이거군."

"그냥 따님의 영특함에 감탄 정도만……."

"예쁘기로 정평이 난 내 딸애한테 현명함만. 딱 그 부분만 보았단 말이지?"

느긋하지만 날 선 물음에 머리가 쭈뼛할 때였다. 흑심이 없었다면 태연히 답했겠지만, 서은하에게 관심이 있었고 그녀의 아버지 앞이라는 사실 때문인지 괜히 더 긴장되었다. 살벌하고 기이하기 그지없는 서철중의 기세도 큰 몫을 했고 말이다.

위기의 순간, 구원의 천사는 있었다.

"아빠!"

대문이 열리며 서은하가 뛰어나왔다.

"그래, 우리 딸~"

싸늘한 기류가 단박에 싹 가시며 옭아매든 밧줄이 단숨에 사르르 풀렸다. 시베리아 찬바람이 봄의 훈풍으로 바뀌었다. 공 매니저와 민호가 티 나지 않게 서로 절로 가슴을 쓸어내렸다.

"신문 가지러 나가신다는 분이 여기서 뭐 하시는 거예요?"

간편한 차림에 가방을 짊어진 그녀는 금방이라도 학교에 갈 것만 같은 복장을 하고 있었다.

"설마 또 매니저님 괴롭히셨어요?"

"괴롭히기는. 아빠, 그런 사람 아니란다."

"거짓말은 아닌 것 같고. 그럼 다른 사람이죠? 강민호 씨요."

"크흠."

"아빠!"

서은하가 눈썹을 치켜뜨자 서철중은 헛기침을 하며 신문을 보는 척 괜히 펼쳤다. 그러며 몰래 자신의 눈과 민호의 눈을 가리키고는 앞으로도 지켜보겠다는 동작을 선보였다.

민호는 움찔했으나 왠지 표정을 관리해야 할 것 같아 아무 일 없다는 듯 서은하를 바라봤다. 위기를 탈출하게 해줘서 그런지 오늘따라 그녀가 더 아름답고 반가웠다.

“기다리게 해서 죄송해요. 두 분 다 잘 지내셨죠?”

“전혀 오래 안 기다렸습니다. 하하.”

“어떻게, 바로 타는 게 어떨까요?”

그녀의 인사에 주위가 다 환해지는 기분이었지만 그보다 얼른 이 자리를 뜨고 싶은 것이 솔직한 심정이었다. 공 매니저도 같은 심정인 듯 주거니 받거니 하며 서은하에게 말하곤 냉큼 차 문을 열었다.

그리고 둘은 누가 먼저랄 것 없이 허리를 직각으로 꺾으며 공손히 인사했다.

“은하 아버님. 다음에 또 뵙겠습니다.”

“만수무강…… 안녕히 계십시오.”

횡설수설한 인사에도 서철중은 딸에게만 보인 미소를 그들에겐 보이지 않고 ‘그러게나’ 하며 대꾸하였다. 드디어 비상탈출구인 밴에 오를 때가 왔다.

그런데 웬걸.

뒷문을 열고 한 발을 내딛는 찰나였다.

"아빠, 민호 씨랑 저녁 약속 있어서 좀 늦을 테니 전화하고 그러지 마요. 창피하니까."

"약속? ……저녁?!"

민호는 갑자기 오싹했다. 머리칼이 곤두서는 착각은 물론 등 뒤로 얼음장 같은 한기가 서리서리 뻗어 나왔다.

"민호 씨?"

얼음처럼 딱 굳어버린 그를 구한 이는 역시 날개만 없는 아리따운 천사였다.

"왜 안 타세요?"

툭. 그녀가 밀자 꽁꽁 얼었던 몸이 비로소 움직이기 시작했다. 민호의 뒤를 따라 서은하가 뒤따라 탑승하고는 밴의 문을 닫았다.

비로소 평화롭고 안온한 분위기가 되었다. 안도의 한숨이 절로 나왔다.

"휘유."

"아빠가 좀 기가 드센 분이죠? 이해해 주세요. 직업이 직업이신지라."

서은하의 말에 민호가 짐짓 괜찮은 척 웃었다.

"공 매니저님께 들었던 대로였는데요. 괜찮습니다. 하하!"

식은땀이 살짝 났지만, 어제의 졸려움을 그녀 덕분에 이겨

냈듯 서철중의 기억 역시도 따사로운 서은하의 미소를 보고 멀리 날려 보낼 수 있었다. 그렇게 밴 안에는 그토록 기대하고 고대하던 훈훈한 분위기가 감돌았다.

패션 브랜드인 T의 본사 건물은 쇼핑몰이 즐비한 동대문 거리에 있었다.

공 매니저가 초조하다는 듯 운전대를 손끝으로 톡톡 건드렸다. 출근시간대와 맞물려 거리에 차가 꽉꽉 들어차 밴이 진입로에서 정차된 지 20분이 넘었다.

"생각보다 많이 밀리네요."

서은하의 말에 공 매니저가 시계를 보았다.

"미팅 시간에 여유는 있습니다만 상황을 보아 여차하면 먼저 움직이셔야 할 것 같습니다."

대답한 그는 도로교통 상황을 검색하고 정체구간과 소요시간을 확인했다. 그리고 차창 밖으로 상체를 내밀다시피 하여 앞을 보더니 고개를 설레설레 흔들었다.

"아무래도 어쩔 수 없군요."

무리하게 노선을 변경한 그는 사거리를 통과한 뒤 차량 경적 소리와 욕설을 숱하게 들어가며 길옆에 차를 세웠다.

"여기서 내리십시오. 나중에 나갈 때 편하기 위해서라도 외곽에 대놓고 오겠습니다. 서은하 씨, 혹시 제가 늦으면……."

공 매니저의 말이 끝나기 전에 서은하가 웃으며 말했다.

"저 어딘지 아니까 민호 씨랑 먼저 가 있을게요."

"부탁합니다. 그럼, 조금 있다 뵙지요."

민호와 서은하가 밴에서 내렸다. 나란히 걷는 길은 나누는 대화 덕분에 어색하지도, 불편하지도 않았다.

열심히 준비했던 만큼 함께 있는 시간 동안은 충분히 대화 소재를 이끌어 나갈 수 있기 때문이었다. 그리고 얼추 공부한 밑천이 떨어질 즘에는 민호가 모델이란 어떤 것인지에 대한 것으로 화제를 돌렸다.

"민호 씨한테 듣고 싶은 이야기가 더 많은걸요?"

"오늘은 모델 선배님께 제가 궁금한 게 더 많아서 그래요. 잘 부탁해요, 선배님."

"아이참. 알았어요. 에헴! 그럼 어떤 게 궁금하신가요, 모델 후배님?"

'정치만 아니면 뭐든지요.'

속으로 진심 어린 생각을 하며 데모 촬영을 하며 느낀 패션 브랜드 T에 관한 이야기나 모델로서의 포즈, 패션 쪽으로 이야기했다. 그 덕분에 화기애애한 분위기를 유쾌하게 이어 나갈 수 있었다.

그렇게 촬영장을 향해 가던 중, 민호는 독특한 물건들을 자주 보게 되었다.

도로만큼이나 지나가는 사람들로 분주한 거리.

'애장품들이 넘친다?'

아침 출근을 위해 바삐 걷고 있는 이들은 저마다 확실한 목적지가 있는지 주위에 전혀 시선을 두지 않은 채로 자신의 길만을 걸었다. 그리고 국내의 내로라하는 패션 쇼핑몰이 집중된 장소라 그런지 은은한 빛이 어린 물건들을 소유한 사람들이 생각보다 매우 많았다.

구두를 딱딱거리며 지하철역으로 달려가는 샐러리맨의 서류가방에도.

쏟아져 들어오는 차량을 통제하는 주차 요원의 하얀 장갑에도.

밤샘 장사를 끝내고 퇴장을 준비하는 포장마차에도 빛이 존재했다.

"우와, 정말 많구나."

대화 도중 빛에 취해서 두리번거리며 연방 감탄하니 서은하가 의아한 듯 물었다.

"동대문 처음 와보세요?"

민호는 고개를 흔들며 대답했다.

"그냥 자기 분야에 열심인 사람들이 많아 보여서요. 저기

저런 분처럼요."

민호의 시선은 사람보다 큰 짐을 한가득 싣고 움직이는 빛나는 자전거에 쏠려 있었다. 옷들이 가득 담긴 자루가 어떻게 저리 쌓여 있는지 불가사의할 정도였다. 그것을 운전 중인 사내는 별것 아니라는 듯 편안하게 페달을 밟아 골목으로 움직였다.

"우와. 저분 자전거 엄청 잘 다루시네요."

서은하도 놀랐다는 듯 함께 지켜보았다.

"저도 욕심이 생기네요."

"자전거 잘 타는 거요?"

"그게 아니라 저렇게 내 손에 딱 맞는 나만의 애장품을 지금부터 하나 정해야겠다는 욕심이요."

그녀는 다짐하고 스스로 결심하는 민호를 빤히 보았다. 그러다 문득 자신을 보고 깜짝 놀라는 모습에 환한 웃음으로 답해주었다.

두 사람은 하늘을 향해 비쭉 솟아오른 빌딩 앞에 도착했다.

"여기 20층에 디자인 스튜디오가 있어요. T브랜드에서 생산되는 모든 라인의 시제품을 만드는 곳이죠."

서은하는 'TRUE FASHION'이라는 큼지막한 간판이 붙어 있는 상층부를 가리켰다.

"가보시면 아시겠지만 어마어마하게 넓어요. 길 잃을지 모르니까 저만 꼭꼭 따라오세요."

그녀가 등 뒤를 가리키며 어깨를 으쓱해 보였다. 민호는 두 손을 맞잡고 깍듯하게 고개를 끄덕였다.

"암요, 선배님만 믿습니다."

"후후."

미모와 친절을 두루 갖춘 가이드가 안내하는 길이라면 동네 뒷골목의 익숙한 풍경을 감상해도 즐거우리라. 민호는 만족스런 웃음을 지으며 서은하의 뒤를 따랐다.

회사 로비에 들어서자 서은하를 알아본 경비원이 곧바로 직원 출입문을 열어주었다. 덕분에 그녀의 경험담 나누기는 문을 지나서도 막힘없이 이어졌다.

"작년 가을시즌에는 스포티 룩이 주력 라인이었어요. 운동복인 듯 보이는데 평상시에 입고 다녀도 어색하지 않은 옷들 있죠? 지난 시즌에 잘 팔린 옷 한두 벌은 커플 촬영에서 입으니까 활동적인 포즈도 생각해 보셔야 할 거예요."

민호가 포즈를 궁리하는 사이 서은하가 물었다.

"혹시 뭐 운동하셨던 거라도 있어요? 미리 동작 정해놓고 가면 좋은데."

"야구는 조금 해봤지만……."

민호는 꼬꼬마 시절 친구를 따라다녔던 야구교실에서 익

힌 투수 동작을 떠올려 보았다. 그때는 메이저리그에서 유명세를 떨친 등번호 61의 찬호형이 되어보기 위해 너도나도 투수만 하겠다고 고집을 피웠었다.

'팔을 이렇게 젖혔었나?'

걸어가며 잠깐 시도해 보았으나 멋들어진 투구 자세는커녕 캐치볼을 하는 모양새도 나오지 않았다. 이건 못쓰겠다는 생각에 민호는 얼른 손을 내렸다.

"야구 하셨다고요?"

서은하가 손뼉을 딱 치며 말했다.

"우리 이걸로 맞춰 봐요. 저도 시구하느라 한 번 해봤거든요."

민호는 고작 한 번의 시구 정도에 만족스런 폼이 나올까라는 의문을 품었다.

"어떻게 했냐면요……."

그녀가 제자리에 멈춰 자세를 잡았다. 두 손을 모은 채 전방에 시선을 집중하고 있다 와인드업. 왼발을 살짝 뒤로 물리며 손을 머리 위로 들리는 오버헤드 모션. 거기에 날렵하게 한쪽 다리를 떼고 키킹을 날리는 일련의 과정이 착착 이어졌다.

'잘하잖아?'

가만히 지켜보던 민호의 눈이 커졌다.

전문적인 투수의 폼은 아니었으나 몸짓 하나하나에 생기

발랄함이 담겼다. 딱 CF의 한 장면처럼 보인달까? 사진작가가 아님에도 저 모습은 찍으면 그 자체로 그림이 되리란 생각이 들었다.

'괜히 이 회사 모델을 계속해 온 게 아니었어.'

동작을 끝마친 서은하가 웃으며 자세를 바로 했다.

"어때요? 한참 연습하고 갔는데 결국 스트라이크를 못 던졌어요."

"야구로 한다면 제가 타자 역할 하겠습니다, 선배님."

민호는 바로 꼬리를 내렸다. 미모와 연기 둘 다 빼어난 배우답게 시구도 성공적으로 했으리란 것은 굳이 검색해 보지 않아도 알 수 있었다.

대화를 나누다 보니 어느새 엘리베이터 앞에 도착했다. 서은하는 버튼을 누르다 갑자기 생각났다는 듯 말했다.

"참, 올라가서 담당 디렉터님 만나보시면 깜짝 놀랄걸요?"

"왜요?"

"정말 똑 부러지세요. 세상에 그분만큼 유행하는 패션에 달통해 있는 분이 또 있을까 싶더라고요. 그리고……."

서은하는 누가 듣는 것도 아닌데 목소리를 낮추고 손으로 입을 가렸다.

"한 성깔 하시죠. 그러니 이름 꼭 기억해 두세요. 미란다 송."

매번 넘치는 자료를 가져다준 공 매니저도 T브랜드의 내부의 사정에는 밝지 못했기에 더더욱 귀를 기울여 듣게 됐다.

딩동.

엘리베이터의 문이 열렸다. 안쪽으로 들어가려던 서은하는 이미 타고 있던 양복 차림의 중년 사내를 보고는 갑자기 자세를 바로 했다. 그리고 민호의 어깨를 콕콕 두드려 상대가 마케팅 부서의 책임자라고 재빨리 귓속말을 건네 왔다.

"안녕하세요, 최 팀장님."

서은하가 엘리베이터에 올라타며 고개를 숙였다. 그녀의 인사에 머리가 희끗희끗한 50 초반의 사내가 반갑다는 표정이 되어 화답했다.

"오, 서은하 씨. 벌써 가을 시즌 촬영이야?"

"네. 지겨우시겠지만 또 왔어요."

"무슨. 우리야 서은하 씨가 모델 해줘서 옷이 더 잘 팔리니 땡큐지. 이번에 회사에서 화장품라인 하나 만들고 있는데 이참에 전속계약 어때?"

"그 문제는 저희 사장님과 상의해 보셔야 할 것 같아요."

"아아, 임 사장은 너무 빡빡해. 우리 회사 회계장부는 언제 들춰 본 건지 요만큼의 손해도 안 보려 든다니까."

"그래서 제가 KG와 일을 하고 있죠."

"이거 임 사장을 전속 CEO로 데려오는 게 회사에 더 이득

일 수도 있겠어. 하하."

서은하는 시종일관 예의 바른 미소를 유지했다. 민호는 그녀의 표정에서 평소 자신을 대하던 것과는 다른 딱딱함을 느끼고 놀라는 중이었다. 누구나 격의 없이 대할 줄로만 알았던 그녀인데 지금은 선을 긋고 단호하게 넘지 않는 것 같았다.

'일할 때는 그녀도 프로라는 건가?'

최 팀장은 바로 옆에 서 있는 민호 쪽으로 고개를 돌렸다.

"그런데 이쪽은……."

민호는 인사 차례가 오자 즉시 고개 숙였다.

"처음 뵙겠습니다. 강민호라고 합니다."

"아, 남자 모델 맞죠? 후보군에서 본 거 같아. 반가워요. 난 마케팅 팀 최상식."

최 팀장의 목소리는 경쾌했으나 가진 직책은 사뭇 무게감을 가진 것이었다. 마케팅 부서에서 어떤 후보군을 임원진에 올리는가에 따라 다음 분기 모델이 바뀐다. 저 사람은 그 부서의 책임자고.

민호는 그 때문에 적잖은 부담감을 안고 최 팀장의 뒤편에 섰다.

"오늘의 목표는 민호 씨가 다음 시즌 화보까지 맡길 만한 모델이라는 것을 충분히 어필하는 겁니다."

공 매니저의 음성이 자동 지원이 되어 귓가를 맴도는 것이 느껴졌다. 민호는 고개를 휘저어 부담 백배 목소리를 저 멀리 날려 보냈다.

엘리베이터의 문이 닫히고 민호는 층을 누르는 버튼을 바라봤다. 이미 20층이 눌려 있던 터라 최 팀장의 목적지도 디자인 스튜디오임을 알 수 있었다.

—올라갑니다.

서은하와의 대화도 자연스레 끊겼기에 기계 안내음만 조용히 들려오던 중, 8층에서 엘리베이터가 멈췄다. 문이 열리고 옷을 한 아름 끌어안고 있는 여성 하나가 들어섰다.

"실례합니다."

짐 때문에 앞의 시야가 보이지 않을 정도였기에 민호와 서은하는 공간을 내어주기 위해 얼른 엘리베이터 깊숙이 이동했다.

한쪽으로 비켜선 최 팀장이 옷을 몇 벌 거들어 주며 말했다.

"수영 씨. 아침부터 바빠 보여. 우리 미란다 심부름?"

"최 팀장니임~"

비서 김수영은 울상이 된 표정으로 말을 이었다.

"송 팀장님이 또 가을 디자인에서 탈락한 샘플을 이만큼이나 요청하셨어요."

"듣기로는 미란다가 다 완성한 니트 스웨터를 맘에 안 든다고 신상 라인에서 뺐다던데. 그것 때문?"

최 팀장의 말에 김수영은 고개를 끄덕였다.

"그럼 얼마나 손해지?"

"생산 팀에서 살짝 들었는데 5억 이상일 거래요."

"뭐?"

과장스레 눈을 치켜뜬 최 팀장은 이내 피식 웃으며 턱을 긁적였다.

"그 니트 스웨터가 형편없었나 보네."

'헐!'

대수롭지 않다는 최 팀장의 말에 민호는 기가 막혔다. 5억을 단칼에 날려 버린 미란다나 그것을 웃으며 받아들이는 최 팀장이나 뭔가 다른 물에서 노는 존재처럼 느껴졌다. 이것이 패션 비즈니스의 세계라는 느낌이 확 와 닿고 나니 전신에 긴장감이 팽배해졌다.

딩동.

엘리베이터가 20층에 도착했다. 먼저 내려선 최 팀장이 민호와 서은하에게 말했다.

"그럼 파이팅들 하시고. 이따가 촬영장 한 번 방문할 테니 그때 봐요."

최 팀장은 가벼운 발걸음으로 걸어 나갔다. 김수영도 민호와 서은하에게 눈인사하고 최 팀장을 따라 스튜디오 안쪽으로 사라졌다.

드디어 긴장이 풀린 민호가 안도의 한숨을 내쉬었다. 서은하도 본래의 부드러운 표정으로 돌아가 그를 돌아봤다.

"저분 일 하나는 칼같이 하시거든요. 나중에 오신다고 했으니 민호 씨도 방심하면 안 돼요. 다음 시즌 계약 꼭 따셔야죠."

"명심하겠습니다, 선배님."

민호의 이 말은 장난이 아닌 진심에서 나온 말이었다. 최 팀장을 깍듯하게 대하는 그녀의 행동은 모자라 다거나 더한 부분 없이 담백했다. 적당히 담소를 나누고 부담 없는 거리감으로 인사를 하는 관계. 이건 아마도 사교와 관련된 스킬이라고 해야 할 것이다.

민호는 새삼스레 서은하가 정치외교학을 심도 있게 공부 중이라는 사실을 되새기게 됐다. 나중에 외교관이라도 된다면 어떤 공부를 해야 대화가 통할지 감조차 오지 않았다.

아무튼, 최 팀장의 얼굴도 모른 채 올라탔다면 실례를 범했을 것이 분명했다. 저쪽은 이쪽 얼굴을 아는 눈치였으니까.

"갈까요, 민호 씨?"

서은하의 초롱초롱한 시선과 마주하자 민호는 그도 모르

게 고개를 돌렸다.

'천사랑 같이 다녀서 천만다행이야.'

민호는 엘리베이터에서 나와 디자인 스튜디오 내부로 발을 디뎠다. 천천히 안을 둘러보던 그는 올라오기 전에 들은 설명이 하나도 틀리지 않았음을 알 수 있었다.

안이 환하게 비치는 유리창 너머로 칸칸마다 다른 인테리어의 방들이 존재했다. 화이트톤의 가구만 배치되어 유난히 깔끔해 보이는 방이 있는가 하면, 온갖 원단과 옷이 빼곡하게 들어차 정신이 하나도 없어 보이는 방도 있었다.

앞서 걷던 서은하가 소감을 물어왔다.

"어때요, 민호 씨? 방송 세트장처럼 무지 복잡하죠?"

"네, 그러면서도 디자이너 각자의 개성을 존중해서 꾸며진 것 같아요."

민호의 눈길은 시장에서 옷 구경하는 것마냥 좌우로 쉴 새 없이 움직였다. 곳곳에 볼거리가 산재해 있던 까닭에 걸음이 저절로 느려졌다.

'여기가 패션 흐름을 만들어내는 톱클래스의 디자인 스튜디오란 말이지?'

마네킹에 걸어 놓은 옷을 다듬고 있는 한 디자이너는 핀을 뽑아 척척 꼽더니 원피스를 순식간에 결이 살아 있는 드레스로 탈바꿈시켰다. 그 옆방에선 같은 외형의 치마 세 벌을 쭉 늘어놓고 각기 다른 액세서리를 붙여 전혀 새로운 스타일로 연출하는 작업을 하고 있었다.

"민호 씨, 이 앞에 미란다 송의 사무실도 있는데……."

서은하는 앞서 걷다가 옆이 허전한 것을 느끼고 고개를 돌렸다. 그러다 바느질하는 중인 디자이너에게 정신이 팔려 있는 민호를 보며 풋 하고 웃고 말았다. 2년 전의 그녀도 저것과 비슷한 표정을 하고 이곳을 구경했었다.

그녀는 일부러 천천히 걸어 민호의 걸음에 보조를 맞춰 주었다.

디자이너들의 방이 늘어선 복도를 지나자 넓은 홀이 나타났다. 민호는 T브랜드의 전용 화보 촬영장 앞에서 안을 살펴보았다.

커다란 조명과 외부의 빛을 차단하는 박스형 반사판, 카메라가 자리한 공간에는 배경 세팅에 한창인 스태프들로 붐볐다.

서은하가 홀 구석구석을 가리켰다.

"왼쪽이 여자, 오른쪽이 남자 전용 드레스 룸이에요. 세트장 뒤편에 공용 대기실도 따로 있어요. 휴게실과 화장실은 나가서 복도를 돌면 되고요."

촬영장 설명을 마지막으로 서은하의 친절안내가 종료됐

다. 민호는 곧장 허리를 숙여 감사를 표했다.

"혼자 왔으면 백 퍼센트 헤맸을 거예요."

"에헴! 저만 믿으라고 했죠?"

서은하는 허리에 양손을 대고 턱을 살짝 들어 올린 채 귀엽게 으스댔다. 예쁨이 마구 발산되는 애교를 마주한 민호가 순간적으로 멍해져 있을 즈음, 그녀가 밝게 웃으며 말했다.

"절대 부담 가지실 필요 없어요. 민호 씨가 이전에 도와준 것에 비하면 아무것도 아닌데요, 뭘. 제 건 요 앞 자판기에서 음료수 한잔 사줄 필요도 없는 그 정도의 도움이었죠. 한참 떠들어서 목이 좀 칼칼하지만 신경 쓰지 않으셔도 돼요."

은근한 어필에 민호는 실소하고 말았다.

"음료수로 때울 일은 아니지만 뭐라도 마실래요?"

"사신다면야 특별히 말리지는 않을게요."

서은하는 어깨에서 가방을 끌어내리며 말을 이었다.

"사진작가님은 아직 안 오셨나 봐요. 공 매니저님 오실 때까지 휴게실에서 기다려요, 우리. 우선 가방 좀 놔두고 올게요."

"그럼 전 가서 우리 은하 선배님 목을 시원하게 달래줄 음료 좀 뽑아 놓고 있겠습니다."

"그러도록 하세요, 후배님. 참, 저는 주스 종류가 좋아요."

드레스 룸에 놓아둘 짐이 없는 민호가 먼저 움직였다.

자판기가 늘어서 있는 직원 휴게실로 걸어가던 민호는 갈

림길 끝에 있는 한 방에 시선이 머물렀다. 앞에 비서의 자리까지 있는 것이 직급 높은 사람의 방처럼 보였다.

'어? 웬 빛이지?'

시력을 돋궈 살피자마자 절로 탄성이 흘러나왔다. 문과 벽면 전체에 은은한 빛이 어려 있던 것이다. 마치 카페 Once를 발견했을 때와 같은 느낌이었다.

'애장공간!'

휴게실로 향하던 민호의 발걸음은 홀린 듯 빛이 어린 벽으로 돌아갔다.

'디렉터 미란다 송'이라는 명패가 책상 위에 올려져 있는 방 안.

최 팀장은 엘레강스라는 단어가 저렇게 어울리는 사람이 있나 싶을 정도로 우아한 외모를 가진 여인을 지켜보던 중이었다.

아무것도 걸치지 않은 마네킹을 앞에 두고 작업에 몰두 중인 그녀의 표정은 매우 심각했다.

'이럴 때 건드리면 동기고 뭐고 죽음이지 죽음.'

40대 후반의 젊지 않은 나이임에도 여타 디자이너들보다 훨씬 정력적으로 일하는 그녀는, 최 팀장과 입사 동기이자 TRUE FASHION을 업계 톱으로 키우는 데 일등 공신인 전설적인 디자이너였다.

소파에 조심스레 앉은 최 팀장은 문을 빼꼼 연 김수영에게 괜찮다고 손을 흔들어 보였다. 그리고 조용히 미란다의 작업이 끝나길 기다렸다.

이번에는 또 어떤 작품이 나올지 내심 기대됐다. 그녀가 만들어 내는 것들은 그녀의 성격을 똑 닮아 오만한 매력이 일품인 디자인이었다.

"좋아."

정말 좋아하는 건지 모를 무감정의 목소리와 함께 미란다가 드디어 침묵에서 깨어났다. 그녀는 밖을 향해 소리쳤다.

"샘플 어딨어!"

밖에서 대기하고 있던 김수영이 바로 문을 열었다. 그녀가 방금 가져온 옷을 탁자 위에 늘어놓자 미란다가 그중에 몇 개를 잡아 마네킹에 걸쳤다.

단색의 블라우스에 스트라이프 라인이 들어간 투피스가 조화되었다. 버팔로 체크무늬의 스카프가 목에 걸쳐지고 손목에도 체크패턴의 팔찌가 따라붙었다.

"어떻게 생각해?"

미란다의 물음에 아까부터 들어와 앉아 있던 최 팀장이 놀란 표정을 지었다.

"뭐야, 내가 온 거 알고 있었어?"

"그 향수 싫어하는 브랜드라고 했을 텐데."

최 팀장은 씁쓸하게 웃은 뒤에 대답했다.

"큐비즘 스타일? 입체적인 게 쿨하긴 한데 재미는 좀 없어 보여."

"밋밋하다 이거지?"

미란다는 방을 둘러보다가 다시 허공을 보며 생각에 잠겼다. 그러다 손가락을 딱 튕기며 말했다.

"믹스매치~"

미란다는 벽장으로 걸어가 문을 열었다. 안에는 여성용 재킷 수십 벌이 가지런히 걸려 있었다. 그중에 그녀가 집어 든 것은 니트 소재의 재킷이었다.

최 팀장은 마네킹에 걸린 재킷을 보며 눈이 휘둥그레졌다.

"저거 미란다가 컷한 스웨터 아니야?"

"이젠 재킷이지."

"언제 이렇게 디자인했어?"

스웨터였던 옷의 한가운데 자리한 봉제선은 비대칭 구도로 되어 있어 무난한 무늬임에도 색다른 라인을 뽐내는 중이었다. 최 팀장은 그것에 감탄하며 엄지를 치켜들어 보였다.

손을 떼고 물러난 미란다는 만족했는지 더는 최 팀장의 의견을 묻지 않았다.

"수영아!"

미란다가 문밖을 향해 소리쳤다.

"스카프랑 투피스 디자인한 팀 전부 오라고 해! 신상 10번 라인 화보 촬영 전에 확정할 거니까!"

"네, 팀장님."

김수영이 서둘러 밖으로 나가자 최 팀장은 혀를 쯧쯧 찼다.

"바로 회의야? 또 아침부터 파릇파릇한 디자이너들 못살게 굴겠네."

미란다는 의자에 앉으며 피곤하다는 표정을 지었다.

"내 작업에 딴지 걸러 온 거야?"

그녀가 가늘게 눈을 뜨고 바라본다는 건 본론만 간단히 말하라는 의사표시였기에 최 팀장은 멋쩍은 표정으로 말했다.

"얼마 전에 전무님 스캔들로 물러나신 일 때문에 말이야."

"그 얘기는 끝났잖아."

"그렇다고 해도 임원진에서는 미란다밖에 적임자가 없다고 잠정 결론 내린 것 같아. 공석은 채워야 하니 이참에 확실히 나서."

"쓸데없는 소리 그만. 마케팅 팀 안 바빠? 월급 날로 먹네."

고음의 신경질적인 억양에 서늘함까지 담기자 방 안에 한기가 풀풀 날렸다. 최 팀장은 입맛을 다시며 일어났다.

"화보 잘 찍고, 필요한 거 있으면 콜 해."

최 팀장은 바쁘게 전화를 돌리고 있는 김수영에게 손을 흔든 뒤에 복도로 나왔다.

'응?'

그러다 벽에 손을 댄 채로 고개를 푹 숙이고 있는 한 남자의 등과 마주했다.

'어째 아까 본 모델 같은데…….'

띠리리릭.

말을 붙여 보려던 와중에 주머니 속 휴대전화가 울렸다. 발신자를 확인하니 부사장 박명국이었다. 주위를 둘러보던 최 팀장은 남자화장실로 들어가 낮은 목소리로 통화를 시도했다.

"부사장님."

–어, 최 팀장. 송 팀장은 만나 봤나?

"네, 미란다는 관심 없는 눈치입니다."

–본인 입으로 안 하겠다는 확답을 받아내야 자네에게 힘을 실어줄 수 있어. 이사 반수 이상이 송 팀장에 호감을 갖고 있다는 거 알면서 그래?

"어떻게든 방법을 찾고 있으니 걱정 마십시오. 미란다 입에서 확실한 거부 의사가 나오지 않아도 될 수단을 강구했습니다."

—미란다가 자네 편이 되어줄 수 없다면 쳐내는 게 옳아. T브랜드도 이젠 만들기만 하면 잘 팔리겠다, 젊은 피가 필요할지도 모르지.

통화가 끝나고 최 팀장은 입술을 잘근 깨물었다.

부사장은 과감한 편이다. 그리고 그 라인을 타기 위해선 자신도 과감해져야 할 필요성이 있었다.

최 팀장은 바로 문자를 작성해 보냈다.

[시작하라고 전해.]

민호는 미란다 송의 사무실 바로 옆 복도에 선 채로 난감한 상황에 빠져 있었다. 외벽에 손을 댄 이후부터 한 발자국도 움직일 수가 없었다.

애장공간의 외부에서 손만 대어 보면 혹시 능력을 알 수 있을까 싶어 한 행동이 화근이라면 화근이었다.

'꼼짝 못하겠어!'

은은한 빛이 흡수되듯 사라진 직후 머릿속에 번뜩인 옷 이미지들이 온 정신을 헤집고 다닌 것이 가장 큰 이유였다.

처음에는 이미지들의 홍수에 그냥 입이 떡 벌어졌다.

자신이 입은 복장엔 대담한 플라워 패턴이 입혀졌고, 내내 함께 있었던 서은하의 복장은 시스루로 재탄생됐다. 지나가다 마주쳤던 이들의 옷가지도 하나하나 뒤엉켜 파리 한복판의 런웨이에서나 볼법한 디자인으로 재창조되어 떠올랐다.

그러나 그것도 잠시.

떠오른 디자인을 정리해 쏟아내지 않으면 큰일이라도 생길 것만 같은 불안감이 자꾸만 가슴 한구석에서 치밀어 올랐다.

이것은 흡사 냉장고에 일렬로 진열된 음료수 중에 단 하나가 비뚤어져 있다면 그것을 돌려놓지 않고는 못 배기는 심정과 비슷했다.

한번 디자인을 생각하면 그것이 완성된 형태로 바뀔 때까지 절대 움직일 수 없다는 압박감에 손을 떼고 싶어도 뗄 수 없는 상황에 놓인 것이다.

'이 사람 대체 뭐야? 천재? 패션에 미친 사람?'

머릿속은 점점 복잡해지는데 이제는 지나가다 마주친 사람들의 패션까지 조합하고 있었다. 이러다 한평생 마주쳤던 모든 사람의 패션에 참견할 것만 같았다.

민호는 엘리베이터에서 마주친 미란다의 비서가 지키고 앉아 있는 곳에 시선을 두었다. 다행히 전화하느라 정신없어 이곳에 신경을 쓰고 있진 않았다. 지금 손을 떼야 할 것은 분명한데 최면에 걸리기라도 한 것처럼 중독성이 강했다. 이 조합만 디렉팅이 끝나면 떼야지, 떼야지 하는 게 벌써 열 벌이 넘었다.

"강민호 씨!"

"네…… 넷?"

공 매니저의 큼지막한 목소리에 민호는 엉겁결에 외벽에서 물러섰다. 손을 떼고 나니 머릿속에 삽시간에 평화가 찾아왔다.

"휴우."

민호는 가슴을 쓸어내렸다. 이렇게까지 꺼려지는 능력은 처음이었다. 색다르고 강렬하긴 한데 너무 한쪽으로 치우친 듯했다.

공간에 영향을 미칠 만큼 무언가에 푹 빠져든다는 것은 극단적인 집착이 함께 있는 것 같았다. 애장품을 만졌을 때는 단지 주인의 감성을 교감하는 정도에서 그치지만, Once에서는 곡을 연주하는 환상까지 보았으니까.

'좋아하는 것을 대하는 방식도 사람마다 큰 차이가 있어 보여.'

다가온 공 매니저가 주위를 살피더니 물었다.

"이곳은 디자인 스튜디오 책임자님 방 아닌가요? 인사라도 드리시게요?"

'역시 빠르십니다'라는 감탄을 시전중인 공 매니저의 반응에 민호는 다급해졌다. 괜히 미란다 송의 공간에 들어가면 또 방금의 상황을 겪어야 할지 몰랐다.

"음료수 좀 뽑으러 가는 길이었어요."

민호는 즉시 휴게실 쪽을 가리키며 걷기 시작했다.

"그나저나 빨리 오셨네요."

"주차 스팟을 빨리 찾았습니다. 서은하 씨는요?"

"대기실에 있는데 금방 나올 거예요."

공 매니저가 별 의심 없이 따라오자 민호는 안도했다. 그렇게 한숨 돌리고 나니 공 매니저의 복장을 살필 여유도 생겼다.

굳이 의식해서 지켜본 것은 아니다. 미란다의 공간이 새롭게 디렉팅한 디자인의 잔상이 아직도 선명하게 남아 있던 터라 당장 머릿속을 비워 버릴 수가 없는 이유가 컸다.

"공 매니저님은 왠지 가죽옷이 잘 어울리실 것 같아요. 복고풍으로다가."

"제가요?"

지금의 공 매니저는 흰 남방에 정장 차림의 무척 평범한 복장이었으나, 상상 속의 공 매니저는 선글라스를 착용하고, 80년대 레트로스타일의 가죽점퍼를 입고 있었다.

공 매니저는 자신의 옷을 훑어보더니 말했다.

"뭐, 소싯적엔 뭘 입어도 옷 빨이 받긴 했죠. 키만 좀 됐으면 모델을 하는 거였는데. 친구가 인터넷 쇼핑몰 차리면서 몇 장 찍어가기도 했거든요."

괜히 모델처럼 옷깃을 올리며 포즈를 잡아보는 공 매니저. 민호는 궁금증이 일었다.

"친구분 쇼핑몰은 어찌 됐는데요?"

"지금은 치킨집 합니다. 언제 한번 가시죠. 거기 튀김옷이 정말 바삭해요."

'공 매니저님 모델로 써서 망한 건 아니겠지?'

지난번 가수가 됐을지도 모른다고 했던 말이 떠올라 민호는 슬며시 웃음을 지었다. 꿈 많았던 그의 과거 이야기는 레퍼토리가 참으로 다양했다.

대화를 나누며 자판기 앞에 선 민호가 물었다.

"공 매니저님은 뭘 드실래요?"

"아닙니다. 제가 내겠습니다. 이런 건 다 회사 경비로 공제가 가능해요."

민호는 주머니에서 지폐를 꺼내려는 공 매니저를 말렸다.

"괜찮아요, 이번 거는 제가 사야 의미 있는 거니까."

"의미요?"

공 매니저는 고개를 갸웃하다 화보 촬영장에서 걸어 나오는 서은하를 발견했다. 그녀도 공 매니저를 보고 한달음에 달려왔다.

"공 매니저님. 주차 빨리하셨네요."

"전에 담당하던 분과 행사 뛸 때는 이보다 더한 러시아워도 뚫어봤으니까요. 하하."

그사이 음료를 뽑은 민호가 손에 쥔 오렌지 주스 병을 서은하에게 내밀었다.

"이거 괜찮죠?"

"고마워요."

서은하가 생긋 눈웃음을 지으며 받아 들었다.

민호는 그녀의 웃음을 흐뭇하게 마주 보다 미란다의 공간이 재디자인한 속이 비치는 옷이 떠올라 황급히 시선을 돌렸다.

레드카펫 위에서 핫한 옷차림으로 수많은 기사를 만들어내는 여배우의 모습. 의외의 볼륨감이 숨겨진 서은하의 체형이 그대로 머릿속에 남았다.

'크헙.'

몰입감이 남달랐던 만큼 자극도 상당했다.

세 사람은 휴게실에 자리한 탁자에 둘러앉았다.

"대기실에 스케줄 표가 있더라고요."

서은하가 가져온 A4용지에는 화보 촬영 일정과 스태프진의 이름이 자세히 기록되어 있었다.

민호는 시간대를 살피다가 오전의 메이크업 타임에 제이킴이 참여하는 것을 보고 공 매니저에게 시선을 돌렸다.

"제이 킴 실장님도 오세요?"

"어제 임 사장님이 힘 좀 실어 주시겠다고 하시더니 스케줄을 맞추셨나 봅니다. KG 패션담당 스태프가 10시쯤 도착 예정이니 그때 같이 오시리라 생각됩니다."

현재로서는 최고의 지원군이었다. 민호는 만족스러운 표정으로 서은하를 바라봤다.

"잘됐네요. 오늘은 헤어 걱정 안 하겠어요."

"어머, 민호 씨가 있는데 무슨 걱정이에요."

신뢰가 가득 담긴 그녀의 눈길에 민호는 순간 오소라에게 해준 사자머리의 악몽이 아른거렸다. 머릿결에 웨이브를 살리는 건 아침마다 드라이하며 착실히 연습하고 있지만, 제이 킴의 숙련도가 10이라고 볼 때 자신은 아직 2나 3 정도에 머무르는 수준이었다. 이걸로 천사의 머리를 망칠 수는 없다.

'어디로 새지 말고 꼭 와주세요, 제이 킴 실장님!'

민호는 바람 같은 그 사내의 귀에 닿을 수 있도록 간절히 빌었다.

"슬슬 두 분 모두 가셔야 할 시간 같습니다."

공 매니저가 휴게실 벽면에 걸린 시계를 가리켰다. 9시 25분. 디자인 스튜디오 측의 촬영 관계자가 모인다는 미팅시간이 얼마 남지 않았다.

"은하 씨. 미팅은 어디서 하는 거죠?"

"전에는 촬영장에서 바로 했어요."

서은하도 시간을 확인하고 자리에서 일어났다.

공 매니저는 민호가 일어나기 전 그의 팔을 붙잡았다. '왜요?' 하는 민호의 눈짓에 귓가에 나직이 속삭였다.

"서은하 씨랑 무척 잘 어울리시니까 커플화보에서 알콩달콩한 장면 좀 만들어 보세요. 그래야 SNS에 올리기 좋다는 임소희 사장님 특명입니다."

"특명이요?"

"회사 계정으로 만든 서은하 씨의 팔로워가 요즘 엄청나게 불어나고 있거든요. 인맥 좋다는 게 어딥니까?"

민호는 촬영장으로 움직이기 시작한 서은하에게 시선을 돌렸다.

'알콩달콩이야 좋긴 하다만.'

임소희 사장이 원하는 사진을 의도적으로 찍을 수 있을지는 의문이었다. 한 번도 해본 적이 없으니까. 자신은 런웨이를 걷는 모델도 아니고 연기자도 아니다.

"노력은 해볼게요."

"저는 민호 씨가 노력해 본다는 말이 그렇게 듣기 좋습니다. 한 번도 실망한 적이 없거든요."

'한 번쯤은 실망하셔도 된다고요!'

민호는 속에서 아우성치는 목소리를 눌러 담으며 서은하

의 뒤를 따랐다. 공 매니저는 믿습니다를 연호하는 열렬한 팬의 눈빛이 되어 민호를 배웅했다.

촬영장에 발을 내민 민호는 벽면 한쪽이 가을 분위기가 물씬 풍기는 배경으로 탈바꿈한 것을 확인했다. 조명과 반사판을 든 스태프들이 빛의 각도를 맞추며 촬영 리허설을 준비하는 모습을 보자 드디어 본격적인 화보일이 시작됐음이 피부로 느껴졌다.

"서은하 씨, 강민호 씨 계신가요?"

안쪽에서 스태프 중 하나가 두 사람을 큰 소리로 불렀다.

"여기 있어요."

서은하의 대답에 스태프가 다가와 말했다.

"디렉터님이 콘셉트 회의가 길어진다고 사무실에서 이어서 미팅 진행하시겠다는 연락을 보내셨어요."

'뭐어?'

민호는 이 말에 미란다 송의 애장공간에서 느꼈던 압박감을 떠올렸다. 디자인 천재가 된 것마냥 옷의 이미지가 술술 떠오르는 것은 좋았으나 그 외적인 부분은 뭔가 꺼림칙했다.

스태프가 밖을 가리켰다.

"지금 안내해 드리겠습니다."

"가까우니까 저희가 알아서 갈게요."

서은하가 민호를 돌아봤다.

"가요, 민호 씨."

민호는 머뭇머뭇 서은하의 뒤를 따르며 생각을 정리했다.

'아무 소리도 하지 않고 가만히 앉아 있으면 별문제 없을 거야. 10시부터 본격적인 촬영 시작이니 끽해야 30분만 버티면 돼.'

미란다는 입술을 오므린 채로 마네킹에 세팅 중인 패션을 살펴보고 있었다.

손으로 일일이 다듬어 세밀하게 만든 시제품과 실제 생산 라인에서 기계로 뽑는 것의 차이는 크다. 이 회의는 그 간격을 최대한 좁히기 위한 시간이었다.

"평범해."

그녀의 한마디에 대기하고 있던 디자인 팀의 인원들 모두 숨을 죽였다. 그녀는 마네킹의 목에 둘러 있던 금빛 스카프의 끝자락을 집어 들고는 비서에게 내밀었다.

"상품 가치도 없는 건 치워 버려."

김수영이 얼른 스카프를 받아 쓰레기통에 넣었다.

"황 디자이너."

미란다가 부르자 스카프를 디자인한 황문봉이 잔뜩 긴장하여 앞으로 나왔다.

"T브랜드의 디자이너가 가장 듣지 말아야 할 말이 뭔지 알아?"

황문봉은 그녀가 어제 니트 스웨터를 반려한 이유를 떠올렸다.

"무, 무난하다는 거요?"

이 대답에 미란다의 미간에 주름이 그어졌다.

"무난한 걸 만들어 내는 사람은 디자이너로 불릴 자격도 없지."

아니라는 말. 황문봉은 열심히 머리를 굴렸다.

"색 감각이 떨어진다거나 트랜드를 못 따라가는……."

미란다가 됐다는 듯 손을 내저었다.

"끌리지가 않잖아. 시장 바닥에서 파는 가격에나 걸맞은 디자인에 어떻게 T브랜드 이름을 붙여 팔아? 격 떨어지게."

그녀의 손이 투피스의 상의에 머무르자 그것을 디자인한 신소혜가 흠칫 놀랐다. 다시 손이 떨어졌음에도 놀란 가슴을 진정시키지 못했다.

"보는 즉시 갖고 싶은 마음이 드는 디자인이 아니면 만들어 내지도 마. 그건 나뿐만 아니라 브랜드 이름을 신뢰해 구매하는 소비자를 우롱하는 짓이니까."

이 말을 끝으로 미란다가 전부 나가라는 손짓을 해보였다. 살아남은 디자이너들은 안도를, 스카프 디자이너 황문봉은 고개를 떨어뜨렸다.

공포의 회의 시간이 끝나고 어깨를 축 늘어뜨린 디자이너들이 줄줄이 미란다의 방에서 걸어 나왔다. 그것을 지켜보고 있던 화보 촬영 관계자들이 무슨 일이냐는 눈빛을 보냈으나 황 디자이너가 한바탕 찔린 까닭에 모두 쉬이 대답하지 못했다.

"화보미팅 하실 분들은 바로 들어가시면 돼요."

김소영 비서의 목소리에 다들 긴장했다. 그리고 그 틈에 껴 있던 민호의 표정도 어두웠다.

"모델에게는 그리 깐깐하지 않은 분이니 너무 걱정하지 않으셔도 돼요."

서은하는 민호까지 긴장한 기색이자 일부러 밝은 목소리를 냈다. 그러나 그녀도 불안하긴 마찬가지인 터라 평소의 미소는 짓지 못했다.

관계자들이 전부 들어가고 민호와 서은하만 입구에 남았다.

"갈까요, 민호 씨?"

"제가 앞장서죠."

민호는 차마 그녀 먼저 가라고 보낼 수 없어 미란다의 공간 안으로 한 발을 내디뎠다.

'진정하자, 진정해. 최대한 멍 때리기만 하면 되는 거야.'

다짐은 한순간일 뿐이었다. 들어가자마자 옷의 이미지들이 파도처럼 밀려들었다.

최초의 디렉팅은 문가에 서 있는 김소영부터였다. 줄무늬가 가미된 세미 정장의 상의가 푹 패여 관능미를 강조한 드레스로 변했다. 그 옆을 지나치는 여자 스태프의 티셔츠도 어깨가 훤히 드러나는 탱크톱의 시원한 스타일로 바뀌었다.

어떤 옷이든 잘 팔릴 만한 구조로 자동 보정이 되어 보이는 상황. 눈은 호강하나 머릿속은 복잡했다.

호흡을 가다듬으며 한 발씩 전진하던 민호는 안의 풍경에 시선이 머물렀다.

현대적인 스타일의 깔끔한 인테리어로 꾸며진 사무실은 한쪽에는 디자인 스케치를 위한 작업대가, 한쪽에는 마네킹과 옷들이 착착 정리되어 들어차 있었다.

민호는 이곳에 손가락만 한 골무 하나까지도 효율적인 작업을 위해 배치된 상태라는 것을 깨달았다. 어딜 쳐다봐도 안정된 구도에 식은땀만 흐르던 첫 접촉과는 달리 여유가 생겨났다.

20층에 상주하는 디자이너들의 개성 넘치는 장점을 모조

리 집약해 놓은 듯한 작업 공간.

'패션에만 신경 쏟기 딱 좋잖아.'

미란다가 이 공간에 애정을 품은 이유가 있었다.

계속 지켜보다 보니 잡스러운 옷 이미지는 사라지고 25년차 베테랑 디자이너로서의 느긋한 마음 상태가 찾아왔다.

한결 편안해진 채로 방을 살피던 민호는 작업대 위에 늘어서 있는 디자인 스케치들에 시선이 머물렀다. 신상 의류들이 테마별로 나뉘어 있는 그림은 화보 촬영 간에 자신과 서은하가 입어야 할 가을 시즌의 신상품을 그린 것이었다.

니트 원단을 베이스로 한 가을컬러룩, 애니멀 프린트를 활용한 데님룩, 단색에 스프라이트 패턴을 활용한 큐비즘 스타일…… 여기에 작년에 히트를 친 스포티룩의 재디자인까지. 총 10개의 신상라인과 2개의 추가라인이었다.

새로이 조합할 필요가 전혀 없는 완벽한 디자인!

'굿굿~!'

민호는 잘빠진 스케치들을 보며 이루 말할 수 없는 만족감을 느꼈다.

"어머, 예뻐라. 이번 분기도 옷들이 다 좋아 보여요."

서은하도 스케치를 보며 감탄했다.

"저 스케치 그대로 생산해 매장에 내놓으면 잘 팔리고 시선 끄는 건 당연한 일이죠."

민호는 그도 모르게 미란다의 입장에 서서 겸손함이라곤 전혀 없는 소리를 내뱉고 말았다.

"디자인 쪽은 민호 씨도 잘 아시나 봐요?"

"당연한 걸 당연하게 얘기한 것뿐……."

말투까지 미란다의 성깔이 나오는 것 같아 민호는 급히 말을 얼버무렸다.

"업계 톱의 디자이너가 만든 거잖아요. 정말 멋지네요. 서은하 씨가 입으면 더 빛날 것 같아요."

한숨 돌린 민호는 문제를 일으킬 뻔한 입을 손으로 툭 때렸다. 서은하에게 냉정한 말이라니, 패션에 관한 미란다 말이 아무리 정확해도 안될 일이지!

그사이 비서가 건네준 탄산수를 한 모금 마신 미란다가 작업대 앞으로 다가왔다.

"모두 온 것 같네. 늦었으니 바로 시작하지."

톤이 높아서 그런지 나직한 목소리임에도 방 구석구석까지 또렷하게 들려왔다. 사진작가와 촬영 스태프진, 화보제작 관계자가 서둘러 작업대 주위에 섰다.

"나머지는 다들 얼굴 알 테고. 서은하 씨는 오랜만."

"잘 지내셨어요, 디렉터님."

서은하는 교양이 가득 담긴 미소를 지은 채 인사를 건넸다. 미란다는 서은하의 아래위를 쭉 훑고 턱을 끄덕였다.

"살은 안 쪘네. 관리 잘했나 봐."

어찌 보면 실례인 말이지만, 민호는 은근슬쩍 고개가 끄덕여졌다. 패션계에서 옷을 입어야 할 모델의 몸매를 직설적으로 평하는 건 일상적인 일이었다. 그런 의미에서 서은하는 2년째 만족스러운 핏을 유지해 주고 있는 최상급 모델이었다.

"이쪽은 강민호 씨?"

"네, 처음 뵙겠습니다."

미란다의 시선이 민호를 훑었다.

"음, 따로 핏 조정은 안 해도 되겠어."

그리고 정면으로 시선을 돌렸다. 민호는 반사적으로 자신의 몸을 내려다보았다.

평범하기 이를 데 없는 몸매.

정상급의 모델은 대한민국 평균 남녀의 규격화된 사이즈가 어울리지 않는 경우가 많아 서양 쪽 사이즈에 맞게 보정을 한다. 그러나 자신은 필요 없다. 생산라인에서 나오는 옷 그대로가 정확히 들어맞으니까.

'프로모델의 쭉 뻗은 키도 아니고. 역삼각의 라인이 형성된 체형도 없지.'

분하지만 이해가 갔다. 민호는 쓴웃음을 지으며 자신의 몸에 관한 직설적인 평가를 마쳤다. 후배 가람이처럼 인격이 출중한 배를 두드리며 고기 수급을 갈구하는 몸매였다면 직설이 아니라 독설을 듣고 울면서 뛰쳐나갔을지도 모른다.

'이참에 몸도 좀 만들어야겠어. 멋들어진 옷, 멋들어지게 입어 줘야지.'

미팅은 주로 미란다와 화보 편집장 홍상원 간의 논의로 이루어졌다.

"'패션이슈' 9월호에 올릴 광고는 어떤 옷으로 할까요?"

"몇 장이나 게재하지?"

"4장 배정받았습니다."

미란다가 책상 위의 스케치를 손으로 찍었다.

"남녀 주력 라인 3종이랑……."

그러다 혼자만의 고민에 빠졌다. 이럴 때 말을 걸면 안 된다는 사실은 평소에는 교류가 거의 없는 화보 스태프들도 익히 알고 있었다.

대화를 가만히 듣고 있던 민호도 스케치를 보며 같은 고민을 했다.

'문제는 라이벌 회사의 디자인인가? 기왕이면 무난한 것들을 단번에 눌러줄 수 있는 것이 좋겠지. 어디 보자.'

민호의 시선이 스케치 중에 한 지점에 머물렀다.

오버사이즈룩의 원피스. 한 치수 큰 듯한 느낌에 쇄골라인이 자연스레 드러나는 저 디자인은 활동성이 높으면서도 여성미를 어필할 수 있는 아이템이다. 서은하가 가진 매력에 소녀 같은 귀여움을 입히면 먹힐 만한 지점이 충분했다.

민호는 서은하와 원피스를 겹쳐보며 만족스러운 눈으로 고개를 끄덕였다. 그러다 똑같이 고개를 끄덕이고 있던 미란다와 눈이 마주쳤다.

'이크!'

얼른 시선을 회피했다.

미란다는 민호가 생각했던 것과 똑같은 스케치를 가리켰다.

"이걸로 해."

"알겠습니다."

협력업체의 액세서리에 관한 이야기가 시작되자 미란다의 심기가 살짝 불편해졌다.

"이 옷에 큐빅이 달린 구두가 어울릴 거라 생각해? 신데렐라 무도회장이 배경이라면 모르겠어. 나는 가을 시즌을 준비했는데 홍 편집장은 동화 시즌을 준비했나 봐."

"다, 다른 구두도 섭외해 놓겠습니다."

"디자인 팀에서 3개월 동안 옷 수십 벌을 만들 동안 고작 구두 하나 섭외 못 했다는 거지?"

미란다는 어느새 팔짱을 끼고 생각에 잠겼다. 화보 제작 스태프들의 안색이 사색이 됐다.

샘플로 나온 구두를 살피던 민호는 큐빅을 떼고 실크로 리

본을 꼬아 붙이는 작업을 떠올렸다.

'아니야. 그것만으로는 모자라.'

한번 디자인 이미지가 떠오르자 새틴과 벨벳 소재로 덧대거나, 앞굽을 보색으로 염색하는 작업들이 휙휙 떠올랐다.

'진정된 게 아니었구나.'

다만, 생각할 거리가 부족했던 것뿐이었다. 옷 디자인뿐만 아니라 어떤 디자인도 만족할 때까지 궁리해 해답을 찾고야 마는 미란다의 작업방식을 따라 민호도 팔짱을 끼고 생각에 잠겼다.

그렇게 1분여.

미란다가 뭔가 떠오른 듯 자리에서 일어났다.

'그거야!'

민호도 거의 동시에 손가락을 튕겼기에 미란다는 '뭐야?' 하는 찌릿한 눈빛을 보냈다. 재빨리 고개를 숙이고 작년 화보집을 넘기며 아무 일도 아닌 척을 했다. 입술을 오므렸다 푼 미란다의 시선이 사라질 때까지.

'……이제 안 보지?'

슬쩍 눈을 돌리니 미란다가 벽장 한쪽을 열어 상자 하나를 꺼내는 모습이 보였다. 모든 이들이 미란다의 행동을 바라만 보고 있는 사이 서은하가 궁금하다는 듯 중얼거렸다.

"뭘 하시려는 걸까요?"

민호는 헛기침하며 작게 속삭였다.

"본래 있던 큐빅 자리에 사파이어가 들어가면 4번 라인 뱅글 프레셔스 스톤 소재의 컬러 세팅과 어울리거든요. 하늘빛과 어울리는 컬러죠."

"네? 방금 뭐라고 하셨어요?"

민호가 설명을 더 잇기 전에 미란다가 사파이어 두 개를 들고 나타나 대화가 끊겼다.

"큐빅은 이걸로 대체해. 구두 섭외는 됐고 다음 분기에도 이런 퀄리티면 이 업체와 거래 끊어."

"아, 알겠습니다."

이후는 촬영에 관련된 논의였다.

"세트 배경은 어떻게 했지?"

"낙엽과 단풍을 테마로 진행했습니다."

세트를 관리하는 스태프가 배경을 완성하고 사진을 찍은 것을 내밀었다. 미란다는 사진에는 시선조차 두지 않고 코웃음을 쳤다.

"낙엽? 가을에? 정말 독창적이네."

다시 하라는 말. 디자이너로서의 미란다가 아닌 총괄 디렉터로서의 미란다도 까다로운 건 매한가지였다. 민호는 소리 없이 웃었다.

미란다는 눈을 가늘게 뜨고 민호를 바라봤다.

"강민호 씨는 뭔가 의견이 있는 건가?"

갑작스러운 물음에 방 안의 분위기가 가라앉았다. 서은하도 당황한 눈이 되어 민호 쪽으로 고개를 돌렸다.

"아, 저는……."

작게 웃었다고 생각했는데 미란다가 매의 눈처럼 놓치지 않나 보다. 민호는 그럼에도 안색 하나 변하지 않고 대답했다.

"배경이야 간단한 문제죠. 배색만 잘 조정하면 되니까요. 화사함과 품위 있는 분위기가 필요하면 디프톤으로. 차분하고 이국적인 분위기가 필요하면 내추럴톤으로. 지금처럼 따뜻한 색감의 옷이 많은데 낙엽까지 더해지면 숨은그림찾기 놀이가 될 수 있으니 주의해야 해요."

서은하는 놀란 눈이 되어 민호를 바라봤다.

미란다는 흡족한 표정을 지었다.

"우리 스태프가 강민호 씨만큼만 알았으면 좋겠는데 말이야."

냉각됐던 공기가 다시 화기애애해진 가운데 세트 담당 스태프가 민호에게 감사하다는 눈짓을 보냈다.

시간이 30분가량 지났을 무렵 촬영미팅이 완료됐다.

"자, 그럼 움직여. 사진 업데이트 될 때마다 즉각 보고하고."

미란다의 지시에 모두 자리에서 일어났다.

어쨌거나 무사히 미팅을 마치게 된 민호도 만족하며 사무실 밖으로 나가려고 했다.

툭.

그런데 누군가 민호를 밀치며 사무실 안으로 뛰어들었다.

"송 팀장님!"

마케팅 팀의 실무자 윤석영 대리였다. 급하게 달려왔는지 가쁘게 숨을 몰아쉬는 그를 보며 미란다의 눈살이 찌푸려졌다.

"왜 그리 호들갑이지?"

"기사, 기사 좀 보세요! 예성모직에서 저희와 똑같은 콘셉트의 의류 5종을 막 발표했습니다!"

이 말에 미란다의 뺨이 움찔하고 경련했다.

"시제품밖에 나오지 않은 디자인을 카피했다고?"

"그건 모르겠습니다."

유명한 디자인의 의류를 카피하는 건 이 바닥에서는 흔해빠진 일이었다. 그랬기에 브랜드의 신뢰도가 있는 것이고, 브랜드의 마크에 프리미엄이 붙는 것이다. 그러나 카피제품이 먼저 발표되어 버리면 이야기는 전혀 달라진다.

민호는 그것을 순간적으로 이해했기에 미란다와 똑같이 심각한 표정이 되었다.

'이러면 화보 촬영 자체가 무산될 수도 있잖아.'

밖으로 한 발을 내딛으려던 민호는 고민에 빠진 미란다 쪽에 시선을 두었다. 그리고 같은 고민을 시작했다.

《예성모직, 올가을 컬러에 '프리미엄'을 입히다》

[파이낸셜경제] 예성모직 디자인 팀은 톱모델 장훈과 광고주 선호도 1위의 국민여배우 김용주가 참여한 특급화보컷을 공개했다.

장훈은 가을 시즌 신제품 '스트라이프 옐로우 니트'를 입고 감각적인 비율을 선보였다. 클래식하고 다소곳한 무늬는 진부하다는 그는 이 옷에 매우 만족하며 촬영에 임했다는 후문이다.

화장기 없는 얼굴에 청바지 그리고 '애니멀 프린트를 입힌 점퍼'를 입고 나타난 그녀, 김용주는 성숙하고 고혹적인 분위기로 매력을 발산했다.

예성모직의 신상품은 올가을 주요한 트랜드로 예상되는 컬러풀룩 시리즈로 업계에서도 큰 주목을 받고 있다.

송호민 기자 homin@fncnews.com

미란다는 모니터 화면에서 시선을 뗐다.

디자인 카피에 이어 몸값만 수억인 정상급 연예인을 모델로 썼다. 시즌 디자인에 가장 어울리는 모델만 고용한다는 원칙을 고수 중인 미란다에게 이건 사치였으나, 예성모직은 그런 문제를 전혀 신경 쓰지 않을 만큼 막나가는 중이었다.

만반의 준비가 있었던 것은 분명했다. 법무 팀에서 디자인

도용 문제에 관한 소송을 시작하고 승리할 즈음에는 가을이 아닌 겨울, 봄 시즌의 신상품을 팔고 있을 테니까.

"디렉터님……."

화보 촬영 스태프들이 모두 얼어붙어 있는 방 안. 사진작가가 어찌하느냐는 눈빛으로 그녀를 바라봤다.

"일단 카피되지 않은 라인 옷들 촬영 진행시켜. 윤 대리는 최 팀장 좀 콜하고."

미란다의 목소리는 평소와 다름없었으나 이 사태의 무게감을 알고 있는 이들에겐 언제 터질지 모를 시한폭탄과도 같았다. 디자인 유출한 주범을 색출하여 스튜디오 내부에 한바탕 피바람이 불 것이라는 건 불 보듯 뻔했다.

눈치만 살피고 있는 촬영 스태프에게 하이톤의 목소리가 날아들었다.

"움직여!"

스태프들이 우르르 밖으로 나가기 시작했다.

서은하도 밖으로 나가려다 팔짱을 끼고 허공의 한 지점에 멍하니 시선을 던지고 있는 민호를 바라봤다. 도통 움직일 생각이 없어 보이는 자세였기에 얼른 그의 팔을 붙잡았다.

"가요, 민호 씨. 저희가 뭘 할 수 있는 자리는 아닌 것 같아요."

민호는 상념에서 깨어났다.

서은하의 뒤를 따라 문밖으로 나서며 민호는 방 한가운데 서 있는 미란다를 바라봤다.

'디자인은 완벽했어.'

같은 고민을 해본 결과 결국 이 사태의 궁극적인 해결책은 다른 디자인의 옷을 만들어 내는 방법뿐이었다. 그러나 제아무리 미란다라 하더라도 2달에 걸쳐 세심하게 디자인한 것들을 하루 만에 새롭게 만들 수는 없었다.

'으음.'

어째 오늘은 아무리 열심히 해도 공 매니저의 기대에 부응하지 못할 가능성이 컸다.

정해진 촬영 일정이 꼬인 탓에 본격적인 촬영은 오후 1시 이후로 미뤄졌다.

"뭐 이런 일이 있답니까?"

대기실에 앉아 촬영을 기다리고 있던 민호의 옆에서 공 매니저가 한숨을 푹 내쉬었다.

"아까 직원들 대화를 들었는데 시안에만 있던 포인트까지 완벽하게 카피했다더군요."

공 매니저는 촬영 스태프가 지나가길 기다렸다가 목소리를 낮게 내리깔고 속닥거렸다.

"내부의 베테랑 디자이너가 빼돌린 게 분명하다고 합니

다. 곧 폭풍이 몰아칠 거라고 다들 쉬쉬하고 있나 봐요. 오늘 촬영 못 하면 언제쯤 재촬영이 있을지 모르겠습니다."

민호도 낮게 말을 이었다.

"새 디자인이 나왔을 시 그것에 맞게 모델이 교체될 수도 있어요. 그것도 고려해서 다음 스케줄을 짜셔야 할 것 같아요."

비용보다 상품성을 더 중시하는 이곳의 분위기를 생각해 볼 때 찍은 화보가 마음에 들지 않으면 당장에라도 폐기하고 다시 찍을 것은 당연했다.

"지, 진짜요?"

목소리가 컸음을 느꼈는지 입을 막은 공 매니저가 말했다.

"똑똑한 민호 씨 분석이니 맞겠죠."

그러나 그런 일만은 절대 없어야 한다는 공 매니저의 한탄이 이어졌다.

"으으, 패션 업계가 피도 눈물도 없다는 건 익히 들어왔지만 이건……."

똑똑.

대기실 문을 두드리는 소리에 조용조용 대화하던 민호와 공 매니저의 시선이 움찔해서 돌아갔다.

"좀 늦었죠?"

KG엔터에서 온 스타일리스트 황영은이 메이크업 가방을 들고 안으로 들어왔다. 그 모습에 두 사람이 안도하는 가운데 KG의 스태프들이 줄지어 들어섰다.

황영은이 가방을 화장대 옆에 내려놓으며 말했다.

"제이 킴 실장님 때문에 출발이 지연됐어요."

공 매니저가 혀를 차며 물었다.

"제이 킴 실장님이 결국 출장을 거절하신 겁니까?"

"아니요, 집에서 직접 오신다고 하셨어요. 출장 스케줄이실 때는 평소보다 더 여유를 부리시거든요. 이렇게 되면 점심 드시고 오실 가능성이 커요."

황영은은 안에 함께 있어야 할 모델이 보이지 않음을 깨닫고 대기실의 빈자리를 가리켰다.

"서은하 씨는요?"

"옷을 입고 있습니다."

황영은의 시선이 여성 드레스룸 쪽을 향했다.

"오다 들으니 오늘 촬영 스케줄이 반으로 줄었다고 하던데, 뭐 아시는 것 있어요?"

"그게 말입니다."

공 매니저는 오늘 아침에 벌어진 일을 설명했다. 황영은이 놀라 손바닥을 마주쳤다.

"어머, 그래서 사장님이 같이 오셨나 봐요."

"사장님이요?"

"네, 지금 윤태백 실장님과 올라오고 계세요."

공 매니저는 민호에게 고개를 돌렸다.

“가서 모셔 오겠습니다.”

임소희 사장이 직접 왔다니. 민호는 사업가적인 수완이 뛰어난 그녀라면 혹 방법이 있진 않을까 하는 기대감이 들었다.

그사이 드레스룸에 들어갔던 서은하가 밖으로 나왔다. 첫 촬영으로 예정된 옷을 입고 있는 그녀는 민호를 보며 어때 보이냐는 눈짓과 함께 포즈를 살짝 잡았다.

캐주얼한 야구 점퍼에 레이스 스커트가 믹스 매치된 옷. 무슨 옷을 걸쳐도 어울리는 서은하에게 발랄한 날개가 달린 듯 보였다.

“좋네요.”

민호가 엄지를 치켜들자 서은하가 눈웃음을 지으며 곁으로 다가왔다. 그녀는 계속 입고 있기가 더웠는지 야구 점퍼를 벗어 의자에 걸어 두며 말했다.

“아무래도 첫 촬영은 작년 히트상품으로 정해졌나 봐요.”

남자 드레스룸의 문이 열리며 스태프 하나가 고개를 내밀었다.

“강민호 씨, 들어와 주시겠어요?”

민호도 자리에서 일어나 옷을 입기 위해 움직였다.

잠시 후, 편안한 트레이닝복에 슈트를 겹쳐 입은 민호가 밖으로 나섰다. 언밸런스 한 듯하지만 활동성이 높아 보이는 스포티 룩이었다.

서은하가 지켜보고 있다 공을 던지는 동작을 선보였다. 민호는 부드럽게 공을 때리는 타자의 자세를 잡았다.

“기억하고 있었네요.”

“은하 씨 폼이 워낙 인상적이어서 말이죠.”

“으흠, 그랬어요?”

밝은 웃음을 짓고 있는 서은하를 보고 있자니 민호는 왠지 아쉬움이 일었다. T브랜드 내부 사정만 아니었다면 즐거운 촬영이 됐을 것이 분명한 시간. 그것이 깨질 상황이었다.

“헤어 세팅해야 하는데 제이 킴 실장님은 안 보이시네요.”

서은하의 말에 민호는 한쪽에 차근차근 준비되어 가고 있는 미용도구에 시선이 머물렀다. 그곳에는 제이 킴의 전용 도구함도 들어 있었다.

‘어차피 늦게 오시는데 첫 촬영 헤어 스타일링은 내가 확 끝내 버릴까?’

오소라 때처럼 잠깐 해주고 쿨하게 쉬러 갈 가능성이 큰 이상 나쁘지 않은 방편이란 생각이 들었다. 남아 있는 촬영만큼이라도 최상의 상태로 끝마쳐야 다음의 기회도 오는 법.

이 생각에 도구함으로 걸어가던 민호는 제이 킴의 가위를 보고 당황하지 않을 수 없었다.

'왜 빛나는 거지?'

한번 만졌던 애장품에 다시 은은한 빛이 어려 있는 상황. 설마 제이 킴이 죽기라도? 하는 생각에 손을 톡 대니 빛은 평소처럼 사라졌다.

'뭘까?'

궁리해 보던 민호는 이상건의 기타를 앞에 두고 재차 빛나던 배철환의 헤드폰을 떠올렸다.

두 애장품이 어울려 더 좋은 효과를 보였던 일.

이 스튜디오 안에 있는 애장품이라곤 미란다의 작업실뿐이다.

'설마…….'

완벽한 디자인을 추구하는 미란다와 자유분방한 스타일에 일가견이 있는 제이 킴은 어울리지 않으면서도 묘한 기대감이 드는 조합이었다.

민호가 반사적으로 가위를 집으려던 그때, 대기실 안으로 서른 중반의 한 여성이 들어왔다.

"민호 씨, 은하 씨."

임소희 사장의 목소리에 기초화장품을 만지작거리며 순서를 고민 중이던 서은하가 고개를 돌렸다.

"사장님~"

민호도 가위에서 물러나 임소희 쪽으로 다가갔다. 임소희는 두 사람의 인사에 고개를 끄덕이며 빠르게 화답한 뒤에 말을 이었다.

"사정은 다 들었어요. 일단은 두 분 다 대기하고 있어 봐요. 반쪽짜리 화보는 T브랜드도 손해지만 우리 KG 모델들에게도 손해니까."

임소희는 뒤따라온 윤태백 실장과 공 매니저 쪽으로 고개를 돌렸다.

"윤 실장은 촬영 담당자를 만나 이대로는 진행 못 한다고 통보해. 뭐라고 하면 회사 측의 계약 불이행 조건부터 따지고."

"네, 사장님."

"도윤이 너는 예성모직에 전화해 봐. 거기 마케팅 전 부장에게 내 이름을 대면 정보를 줄 거야."

"알겠습니다."

그녀가 일목요연하게 상황을 정리하자 민호는 저절로 마음이 놓였다.

'역시 계산이 빨라.'

적어도 손해를 보진 않겠다는 생각에 안도하던 민호는 임소희의 앞섶 블라우스에 달린 만년필을 보고는 눈이 커졌다.

제이 킴의 가위와 마찬가지로 빛이 어려 있었다.

심상치 않은 기분을 느낀 민호는 꼭 확인해 봐야겠다는 생각에 말했다.

"저 화장실 좀 다녀오겠습니다."

서둘러 대기실 밖으로 나와 미란다의 공간 쪽에 시선을 던졌다. 은은한 빛이 생성된 벽면.

'왜지?'

3가지의 전혀 다른 특색을 가진 애장품과 공간이 동시에 만져달라고 빛을 발휘하고 있었다.

지이이잉.

미란다는 휴대전화에 '최상식'의 이름이 떠오른 것을 확인하고 귀에 댔다.

–어떻게 된 거야?

"주력 라인 5개가 예성모직에 유출됐어."

–뭐어?

수화기 건너로 기가 막혀 하는 신음성이 들려왔다.

–어쩔 셈이야?

"파악 중."

–그냥 출시해. 어차피 원조가 중요한 시대가 아니야. 미란다 이름값에 우리 브랜드 인지도면 예성모직이 아무리 발

버둥 쳐도 어차피 우리가 이득이야.

미란다는 이 말이 나올 줄 알았다는 듯 냉정히 잘라 말했다.

"같은 디자인으로 내는 건 용납 못 해."

–그러지 마. 생산 대기 중인 라인 5개를 파기하면 니트 반려한 거랑은 손해가 비교도 못 해. 아무리 미란다라도 임원들이 가만있지 않을 거라고. 마케팅 확실히 해서 우리가 원조임을 각인시키면 돼. 그놈들 아무리 낯짝이 두꺼워도 원조라고 얘기는 못 할 거야.

"됐어."

–너무 앞뒤로 꽉 막힌 거 아니야? 이건 디자인 놀음이 아니야. 패션 비즈니스라고. 미란다. 아니, 송 팀장. 내 말 들…….

꾹.

미란다는 전화를 끊고 방 한가운데 늘어놓은 빈 마네킹 다섯에 시선을 두었다. 결국, 최 팀장은 예상했던 답변만 늘어놓을 뿐이다.

시기적으로 직격탄을 맞으나 그뿐. 새로 만들어 내면 그만이었다.

완벽하게 작업을 끝마친 디자인 5종을 머릿속에서 지우고 유행을 선도하는 센세이션한 디자인을 떠올리는 것. 아마도 한동안은 이 방에서 떠나지 못하리라.

"송 팀장님."

김소영이 문을 열고 조심스럽게 말했다.

"강민호 씨가 얘기 좀 하고 싶어 하시는데 어찌할까요?"

"그 모델? 작업 중엔 아무도 들이지 말라고 했잖아. 얌전히 촬영 마치고 가라고 해."

신경질적인 미란다의 목소리에 김소영이 어깨를 움츠렸다. 다시 문이 닫히는데 턱 하고 문을 붙잡는 다른 손이 있었다.

"실례하겠습니다."

민호는 눈살을 찌푸리는 미란다에게 정중하게 고개를 숙여 보였다.

"유출된 디자인에 놈코어(Normcore)를 입혀 보면 어떻습니까?"

"지금 스타일에 평범함을 입혀서 되팔자고?"

"네."

미란다가 코웃음을 치며 고개를 흔들었다. 똑같이 파는 것도 거절한 마당에 놈코어라니.

"쓸데없는 소리 말고 나가."

아침의 논의 때 이상한 포인트에서 자신과 비슷한 성향을 보이던 청년은 이에 굴하지 않고 말했다.

"지난해 T브랜드의 스포티룩 매출은 179억입니다. 대중

따져 봐도 20만 명 이상이 이 브랜드를 선택한 거죠. 남들과 다른 것을 추구하는 것이 패션의 본질이라고 하지만, T브랜드는 이미 그 가치를 넘어섰습니다. T브랜드를 입는 것이 곧 남들과 똑같아지는 것이죠. 이건 곧 놈코어의 개념과 일맥상통합니다."

디자인이 특별해 많이 팔렸기에 더는 특별한 디자인이 아니다. 흥미로운 관점에 미란다는 턱을 괴고 잠시 생각에 잠겼다.

"이보세요, 어서 나가시라고요."

민호가 방 안으로 들어선 통에 안절부절못하던 김소영이 당황해서 그를 끌어내려 했다.

"괜찮아."

미란다가 손을 들어 김소영을 멈춰 세웠다. 김소영은 의외의 말에 놀라 믿을 수 없다는 표정으로 민호를 바라봤다.

"그래서 주력 라인을 어떤 식으로 재디자인했으면 좋겠다는 거지?"

민호는 왼손에 쥐고 있던 두 물건을 주머니에 넣으며 속으로 호흡을 가다듬었다.

제이 킴이 도착하려면 한참 남아 황영은에게 양해를 구하고 가져온 가위.

임소희에게 메모 좀 잠깐만 하겠다고 빌린 만년필.

두 애장품 덕분에 민호는 지금 정해진 형식에 얽매이지 않는 스타일 센스와 사업가로서의 계산이 엄청나게 빠릿빠릿해진 상황이었다.

거기에 업계 톱 디자이너의 감각까지 더해지자 모든 상황이 명쾌해졌다.

놈코어라는 건 두 물건과 함께 이 공간에 들어서자마자 떠오른 개념이었다. 트랜드를 따르지 않고 평범함을 추구하는 스타일을 일컫는, 기본적인 아이템으로 스타일리쉬한 룩을 연출하는 것을 말했다.

"평범하게 리폼하자는 말이 아닙니다. 예성모직이 컬러풀한 디자인은 베꼈을지라도 그것을 만든 디자이너의 의도는 모르고 있습니다. T브랜드를 입는 것이 쿨하다고 생각하는 트랜드 말이죠."

민호는 작업대 위에 폐기하기 직전인 스케치 쪽으로 걸어갔다.

"이 디자인을 평범한 것으로 치부한 뒤에 여기에 감각적인 포인트를 덧대는 겁니다."

저 자체로 완벽하다고 생각하고 있었기에 미란다는 반신반의한 채로 민호의 이야기를 들었다.

"놈코어의 포인트는 신경 쓴 듯 안 쓴 패션 아이템에 있습니다. 가죽 스트랩 손목시계나 토트백, 구두가 아닌 스니커즈 같은 특별 아이템을 추가하는 거죠."

민호는 만년필을 들어 스케치에 포인트 아이템을 휙휙 그리며 쉬지 않고 말을 이었다.

"같은 디자인에 훨씬 좋은 포인트가 포함됐다면 사람들은 굳이 말하지 않아도 누가 원조인지를 알 수 있을 겁니다. 예성모직이 아무리 인지도 있는 모델을 섭외해 광고한다고 한들, 통일된 개념이 컬러풀룩이 되어버린 그들로서는 시도조차 할 수 없는 코디가 됩니다."

슥슥.

작년 9~11월 스포티룩 2개 라인 단일 매출 = 179억

영업 이익률 = 18% (32.2억)

만년필이 디자인을 그리다 말고 옆의 빈 페이지에 임소희 사장식의 매출 분석이 쓰기 시작하자 민호는 움찔 놀랐으나 계속해서 적어 나갔다.

놈코어 5개 라인 단일 매출 예상 = 약 450억

예상 영업 이익 = 450억 × 이익률 18% = 81억

"영업이익 81억이면 디자인 스튜디오에 떨어지는 커미션만 16.2억입니다. 그러면 이 스튜디오를 훨씬 더 창조적으로 꾸밀 수 있는 여유가 생길 테고, 이곳 소속의 디자이너들도 훨씬 에너지 넘치게 일할 수 있겠죠. 라인 5개를 파기해 손해를 보느니 이 정도면 시도해 볼 만하지 않습니까?"

민호의 말이 끝나고 턱을 괴고 있던 미란다가 스케치 앞으로 다가왔다.

"흐음, 이건……."

미란다에게 중요한 건 물론 수익성이 아니었다. 그저 이 디자인을 시장에 내놓아도 되는지에 대한 그녀만의 기준을 통과할 수 있으면 그만. 그랬기에 민호는 알 수 있었다.

완벽한 디자인에 새로운 관점을 더하는 것이 완벽함을 해치지만 않는다면, 미란다는 만족할 것이다.

스케치를 살피던 미란다가 민호를 직시했다.

"이렇게 돕는 이유가 뭐지?"

민호는 패션 트랜드를 꿰뚫어 볼 줄 아는 사람의 눈빛으로 그 시선을 마주했다. 지금 이 순간의 그는 임소희만큼 영특하고 사리판단이 빨랐다.

다른 문제는 일절 신경 쓰지 않고 패션에만 집착하는 전설적인 디자이너에게 약간의 영감을 준 것에 대한 대가.

큰 것을 원했다간 잘려 나갈 수도 있다.

이득의 최대치에 관련된 계산이 머릿속에서 순차적으로 지나갔다.

"제가 모델이 되어 찍는 첫 화보만큼은 성공적이었으면 해서입니다. 단지 그것뿐이에요. 혹, 이번 화보가 잘되면 다음 분기도, 다다음 분기도 함께할 수 있으면 좋겠네요."

한동안 입술을 오므리고 있던 미란다가 밖을 향해 외쳤다.

"수영아!"

대기 중이던 김수영이 부름에 즉시 응답해 문을 열었다.

"각 라인 디자인 담당자들 전부 오라고 해!"

생산라인에 들어갈 디자인에 대한 회의를 시작하려는 미란다. 의견이 받아들여졌음을 안 민호는 만족하며 고개를 숙였다.

"저는 그럼 촬영을 위해 가보겠습니다."

방 밖으로 나서는 민호를 향해 미란다가 말했다.

"강민호 씨."

민호가 고개를 돌렸다.

"디자이너가 될 생각 있으면 언제든 말해. 실력만큼 대우해 줄 테니."

"말씀은 감사하지만, 지금은 프로게이머라는 것에 만족하고 있어서 말이죠."

딱 잘라 거절하고 나서는 민호. 그의 등 뒤로 미란다의 말

없는 시선이 머물렀다.

민호가 대기실에 돌아왔을 즈음에는 공 매니저가 발을 동동 구르고 있었다.

"강민호 씨! 지금 디렉터님 방에 모든 디자이너 불러다가 색출 작업이 시작됐다고 난리가 났어요."

일상적인 디자인 확정 회의일 뿐임을 알고 있는 민호는 공 매니저가 진정하길 바라는 마음에 말했다.

"방금 그 앞을 지나며 살짝 얘기를 들었는데, 본래 디자인을 리폼해 정상적으로 화보 촬영이 진행될 것 같아요."

임소희 사장이 이 말에 놀란 눈이 되어 다가왔다.

"그게 가능하데요?"

"이곳엔 능력자들이 많잖아요."

만년필을 잘 썼다고 돌려주던 민호는 임소희 사장도 그중 하나라는 것은 굳이 말하지 않았다.

촬영 스태프를 만나러 갔다 돌아온 윤태백 실장이 오후 1시부터 정상적인 스케줄로 짜인 표를 들고 오며 민호의 말이 사실이었음이 밝혀졌다.

임소희 사장은 안도하며 돌아갔고, 십 년 감수했다는 듯 가슴을 쓸어내린 공 매니저는 맛있는 점심을 사오겠다고 움직였다.

민호는 가위까지 제자리에 돌려놓은 뒤 다시 대기실의 의자에 앉았다.

짧은 순간 패션과 사업 분석, 자유분방한 스타일링까지 고뇌하다 보니 한순간에 피곤함이 찾아왔다.

"하아암."

늘어지게 하품을 하고 있는데 옆에 앉아 있던 서은하가 나직하게 속삭였다.

"몰래 송 디렉터님 만나고 오신 거죠?"

"네?"

민호는 서은하의 정확한 예측에 그녀의 아버지를 떠올렸다. 워낙 차이 나는 이미지 때문인지 형사의 핏줄이라는 것을 깜박하고 말았다.

그런데 이런 감도 대물림이 되는 건가?

"아까 느낀 건데 민호 씨 디자인 쪽도 되게 센스 있어 보였거든요."

"그게…… 화보 촬영이 잘됐으면 좋겠다 싶어 얘기 조금 나누고 왔어요."

별것 아니라는 듯 대답한 뒤 기지개를 켜는 민호를 보며 서은하는 소리 없이 웃었다. 왠지 그 별것 아닌 것에 막혔던 문제가 해결됐을 것 같다는 느낌이 들었기 때문이다.

그녀가 계속 쳐다보고 있자 민호는 민망했던지 멋쩍게 턱을 긁적이며 말했다.

"곧 촬영인데 잘 먹히는 포즈나 좀 가르쳐 주세요, 선배님."

찰칵거리는 셔터음과 함께 플래시가 쉼 없이 터지는 세트장.

"민호 씨, 턱을 빳빳이 들어줘요. 은하 씨는 그 상태 좋고~"

민호는 포즈를 취하느라 정신이 없었다. 사방에서 비추는 눈부신 조명 때문에 멍해질 지경인데 그 와중에 플래시의 깜빡거림에 적응해 눈을 부릅뜨는 것은 쉬운 일이 아니었다.

"팔짱 좀 껴볼까요?"

"팔짱이요? 누구랑……."

사진작가의 주문을 따라 하기 바빴던 민호는 그제야 서은하가 바로 옆에 밀착해 있다는 사실을 알아챘다.

솔로 사진은 무게 잡는데 흠뻑 도취해 어찌어찌 넘어갔으나, 커플사진에서 호흡을 맞춘다는 건 생각보다 까다로운 일이었다. 그런 민호의 긴장을 알아챈 서은하가 팔을 슬쩍 감으며 말했다.

"억지로 만들려고 하지 말고 분위기를 느껴봐요. 자연스러운 게 좋은 거니까."

찰칵.

커플촬영에 익숙해질 즈음 이번엔 사진작가가 러블리한 연출을 주문했다.

"어떤 식으로 해야죠?"

서은하는 그의 물음에 작게 속삭였다.

"이런 거?"

하며 민호의 어깨에 팔을 휘감았다. 서은하의 적극적인 어깨동무에 놀란 것도 잠시, 민호는 곧 그녀의 리드에 맞춰 편안한 웃음과 포즈를 취했다.

"좋고, 좋고~"

찰칵.

시종일관 밝은 미소와 함께 촬영에 임하는 서은하는 민호뿐만 아니라 스태프 모두가 흐뭇한 웃음을 짓게 만들었다.

"민호 씨 부끄러워하는 표정 괜찮다. 은하 씨 좀 더 과감히!"

사진작가의 주문에 그녀가 살짝 입술을 내미는 연기를 시도했다. 민호는 가슴이 쿵하고 내려앉는 느낌을 받았다.

"두 눈에 하트 뿅! 좋아~"

찰칵!

"고생하셨습니다!"

"모두 수고하셨어요!"

남자 솔로 의상 마지막 촬영이 끝나고 나니 밤 10시였다.

민호는 녹초가 된 채로 스태프에게 인사했다.

촬영 내내 힘을 냈던 서은하도 그녀의 촬영이 모두 끝난 30분 전부터 대기 의자에 앉아 단잠을 청하고 있었다. 스태프들이 세트를 정리하느라 사방이 소란스러운 데도 눈을 뜨지 않는 것이 무척 피곤했나 보다.

'갈 준비부터 해 놓을까?'

민호는 드레스룸에서 원래의 옷을 찾아 입고, 대기실에 있는 서은하의 가방을 챙겨 나왔다.

"은하 씨, 이제 끝났어요."

"으음."

서은하의 눈썹이 파르르 떨렸다. 입을 가리며 하품을 한 그녀는 윙크하듯 한쪽 눈만 지긋이 떴다가 앞에 서 있는 민호에게 시선이 머물렀다.

그녀가 잠결에 미소 지으며 말했다.

"흐, 저 자는 모습 추하죠?"

"오늘 도움을 많이 받았으니 노코멘트할게요."

"후후."

졸려 하는 것조차 예쁜 것을 보니 천생 배우라는 생각이 든 민호였다.

"공 매니저님이 차 빼놓으신다고 했으니까 바로 내려가면 될 것 같아요."

"잠깐만요, 저 짐……."

"이거요?"

민호가 어깨에 멘 가방을 툭 치자 서은하가 활짝 웃으며 엄지를 치켜들었다.

밴을 타고 집으로 향하는 길.

피곤을 이기지 못한 서은하는 의자에 기댄 채로 다시 꾸벅꾸벅 졸고 있었다. 민호는 앞좌석에 걸려 있던 목베개를 그녀의 뺨에 대어 주었다.

"갈 때까지만이라도 편하게 가요."

"고마워요."

그녀는 만족한 미소와 함께 의자에 머리를 푹 기댔다.

백미러로 그 광경을 보고 있던 공 매니저는 둘 사이에 감도는 훈훈한 분위기를 눈치채고는 씩 웃었다. 그러나 서철중 형사를 비롯해 서은하와 잘되기 위해 넘어야 할 산이 꽤 높음을 익히 알고 있는 까닭에 조심스레 응원의 눈길만 보냈다.

신호에 기다리게 되자 공 매니저는 창밖을 내다보고 있던 민호에게 물었다.

"오늘 어떠셨습니까?"

민호는 단추 하나도 손수 못 다는 평소의 자신이 전혀 느껴볼 수 없었던 세계를 경험한 하루를 돌이켜 보며 대답했다.

"옷에 그려진 패턴 하나에 울고 웃는 사람들이 있더군요."

"패션 업계도 방송 업계와 마찬가지로 치열하니까요."

"그런 디자이너들을 웃고 울게 하는 사람이 있다는 것도요."

누굴 말하는지 알 것 같았기에 공 매니저가 웃었다.

"참, SNS에 올린 두 분 사진 벌써 기사화돼서 올라오는 중입니다. 두 분이 무척 즐겁게 촬영하는 모습이라 댓글 반응도 호의적이에요."

"저야 상관없지만 은하 씨 이미지에 괜찮겠어요?"

"같은 소속사인 걸 아는 데다 공식 계정으로 올라가는 사진이라 상관없습니다. 왜요? 진짜 사귀시게요?"

민호는 서은하 쪽으로 고개를 돌렸다. 종일 같은 일을 하다 보니 공부를 해서 수준에 걸맞은 대화를 해야 한다는 압박감은 덜해졌지만 그 이상의 관계진전이 있었는지는 의문이었다.

"시간이 지나면 자연스레 알게 되겠죠."

밴이 서은하의 집을 오르는 골목에 접어들었을 때였다. 잠을 자고 있던 그녀가 고개를 들었다. 그녀는 주위를 두리번거려 위치를 확인하더니 급히 말했다.

"매니저님, 여기서 멈춰 주세요!"

"여기서요?"

공 매니저가 밴을 멈췄다.

서은하는 문을 열고 민호에게 말했다.

"같이 가요."

"지금요?"

"저녁 사기로 했잖아요. 피곤하시면 다음으로 미루고요."

"아, 저녁!"

너무 늦어서 잊어버린 줄만 알았던 약속을 서은하가 끄집어내자 민호는 어리둥절한 채로 밴에서 내렸다.

민호는 운전석 창문으로 다가가 공 매니저에게 말했다.

"숙소에는 알아서 갈 테니까 먼저 돌아가세요."

스마트 피플 간의 교류는 공 매니저도 두 손 들고 환영이었기에 별말 없이 고개를 끄덕였다.

"내일은 푹 쉬시고, 모레 스케줄에 뵙겠습니다. 서은하 씨도 잘 들어가세요."

"조심히 가세요, 공 매니저님."

민호와 서은하는 떠나는 공 매니저에게 손을 흔들었다.

"이제 가 볼까요?"

"그런데 이 시간에 뭘 먹으러 가는 거죠?"

"이 시간대에 먹어야 진짜 맛있는 게 있거든요."

서은하의 장난기 가득한 웃음에 민호는 발이 쉽게 떨어지지가 않았다.

보는 것만으로 무시무시함이 느껴지는 음식은 제발 아니길!

몽롱한 가로등 불빛에 운치가 절로 무르익는 거리.

서은하와 주택가의 골목을 함께 걷다 보니 민호는 본의 아니게 데이트 같다는 느낌을 받았다.

"초등학교부터 학교는 전부 이 근처만 다녔죠. 그나마 대학이 좀 멀리 있어 숨이 트인 느낌이랄까요?"

잠시 눈을 붙인 게 도움이 된 건지 눈을 반짝이고 있는 그녀는 작은 계단을 폴짝 뛰어 골목을 벗어나며 말했다.

"태어나서 계속 살았던 동네라 어디에 어떤 분이 사는지도 다 알아요. 지금 가는 곳도 멀지 않았어요."

"어딘데요?"

슬쩍 운을 띄우던 서은하는 궁금해 미칠 지경이 된 민호를 보며 밝게 웃었다.

"짠! 바로 저기랍니다!"

민호는 그녀의 손가락을 따라 한곳에 시선이 머물렀다.

'미화네 떡볶이?'

늦은 밤임에도 맛있는 냄새가 솔솔 피어오르는 분식점. 허름한 간판이지만 무언가 정겨워 보이는 공간이었다.

"실망하셨어요?"

"전혀요."

민호는 생각했던 음식이 아니라서 오히려 크게 안도했다.

서은하가 분식점 안쪽의 문을 열고 들어섰다.

"할머니, 저 왔어요~"

"으응? 오늘은 예쁘게 하고 왔네."

"헤헤. 사진 촬영이 있었거든요."

인자한 눈매를 가진 주인 할머니가 서은하를 반갑게 맞이했다. 할머니는 서은하의 뒤를 따라 들어온 민호를 보며 물었다.

"남자 친구?"

"아~ 니요, 같은 회사 다니는 오빠예요."

"친한가 봐. 이런 데를 다 데려오고."

"어머, 이런 데라니요. 세상에서 제일 맛있는 곳인걸요!"

할머니는 소박한 웃음으로 서은하를 바라봤다.

테이블에 앉자 다른 주문을 하지 않았음에도 할머니가 접시 하나를 내왔다.

"맛있게들 먹어."

"고맙습니다!"

붉은 떡볶이가 가득 담겨 있는 푸짐한 접시. 시장했던 민호는 저절로 입에 침이 고임을 느꼈다. 서은하가 이쑤시개를 하나 내밀었다.

"드셔 보세요."

민호는 떡볶이의 야들야들한 살을 콕 집어 입에 넣었다. 달달하면서 매콤한 양념에 쫀득하게 씹히는 맛이 일품이었다.

"어때요?"

"우와! 이거 진짜 맛있네요."

"그죠?"

서은하도 떡볶이를 하나 입에 물고 행복한 표정으로 오물거렸다.

"이 바로 앞에 있는 여고에 다녔거든요. 야자 끝나면 다들 배고프다고 아우성인데 여기만큼 양 많고 맛있는 집이 없었어요."

학창시절 공부밖에 하지 않았다는 서은하의 추억담은 뜻밖에 알차고 재미있었다. 이곳에서 살아온 기간이 오래되어서일까? 아버지가 유도를 하고, 그녀도 그 덕분에 유단자라는 사실을 알게 됐을 때는 조금 움찔하기도 했다.

서은하가 민호를 바라보며 웃었다.

"저만 너무 떠들었죠? 여기만 오면 친구들하고 수다 떨던 게 생각나서."

"아니요, 재밌는걸요."

"저는 많이 얘기했으니까 이제 민호 씨 차례예요."

"무슨……."

"민호 씨는 어떻게 지냈어요? 무지무지 궁금하네요."

자리를 떠나고 싶지 않은 밤.

떡볶이가 다 비워질 때까지 두 사람의 대화는 끊이지 않고 이어졌다.

미란다는 오늘 새롭게 재디자인된 시제품 다섯 종류를 마네킹에 입혀 두고 천천히 감상 중이었다.

"촬영 뒷정리가 마무리됐다는 보고가 들어왔어요."

김소영의 말에 고개를 끄덕인 미란다는 시계를 확인하더니 말했다.

"많이 늦었네. 이만 들어가 봐."

"송 팀장님은요?"

"정리만 끝나면 갈 거야."

"오늘 진짜 고생 많으셨어요."

김소영이 고개를 숙인 뒤에 퇴근했다. 미란다는 마네킹에 고개를 돌렸다.

뚜벅뚜벅.

얼마 뒤 깊은 구두굽 소리가 먼 복도 쪽에서부터 울려왔다.

"미란다."

최 팀장이 사무실 안으로 들어오며 손뼉을 쳤다.

"그런 식으로 리폼할 줄은 꿈에도 몰랐어. 놀랐어. 역시 미란다야."

"그래?"

미란다는 단지 한마디를 반문했을 뿐 마네킹에서 시선을 돌리지 않았다. 그렇게 한참의 시간이 흘렀다. 최 팀장은 초조한 기색으로 미란다의 등만 바라보았다.

"향수 바꿨네?"

이윽고 미란다가 입을 열었다.

"미란다가 싫다며."

"찔리는 게 있나 보지?"

최 팀장은 가까스로 표정을 관리했다.

"그야 찔리지. 오늘 같은 일 미리 방비했어야 하는데. 내 업무에 바빠서 신경을 못 썼어. 미안해, 미란다."

"생각해 보니 말이야. 주력 라인을 디자인할 때 항상 와서 구경한 사람이 있더라고.”

미란다는 마네킹의 목에 걸린 스카프에 손을 올렸다. 그것을 강하게 옥죄자 최 팀장이 움찔하여 물러섰다.

“내 디자인 컬렉션을 망치려 든 게 고작 전무 자리가 탐나서였다 이거지?”

“그…… 그게 말이야.”

최 팀장은 눈이 휘둥그레져 변명할 거리를 생각했다.

“디자인을 유출한 범인이 이 방에 있는 누군가라는 사실이 퍼져 나가면 어찌 될까?”

“즈, 증거도 없잖아.”

“증거가 정말 없을까? 한 번 더 같은 일이 발생하면 나를 비롯해 내 밑의 디자이너 전원이 TRUE FASHION을 나갈 거야. 오퍼가 들어온 곳은 많거든. 갈 때 꼭 디자인 유출범 핑계를 대줄게.”

“그건 안 돼. 제발…….”

최 팀장이 사색이 되는 사이 미란다가 말을 이었다.

“부사장이 이 디자인 스튜디오를 유지하는 비용을 탐탁지 않아 하더라고. 혹시 이 얘기 들어봤어?”

옥죄였던 스카프를 반듯하게 편 미란다가 말했다.

“네가 전무 자리에 올라 부사장을 견제해 준다면 다시 생각해 보겠어. 동기 좋은 게 뭐야?”

차분한 고음이 최 팀장의 귓가를 파고들었다.

어제까지는 동료, 오늘은 라이벌이 됐던 미란다는 내일부터 꼭두각시를 조종하는 인형사가 되겠다고 말을 하고 있었다. 패션에만 몰두해 있던 그녀가 이렇게까지 심경의 변화를 일으킬 줄이야.

부사장 라인을 버리면 사내정치에서 고립될 것이 분명하지만, 최 팀장은 살기 위해 고개부터 끄덕여야 했다.

"하지, 해. 미란다 말이라면 뭐든 다 따르겠어."

"좋아. 그럼 가봐."

최 팀장이 밖으로 나갔다.

미란다는 그녀의 편집증적인 패션관에 신선한 충격을 안겨다 준 다섯 개의 디자인에 또다시 시선을 두었다.

"강민호라…… 겨울 시즌이 무척 기대돼."

---

Space : 미란다의 작업실.

Effect : 어떤 옷이든 유행을 선도할 만큼의 적합한 디자인으로 개량한다.

Cross object : 만년필과 가위, 작업실의 패션 콜라보 3종 세트.

Effect : 자유분방하지만 정확한 시장분석을 따르는 색다른 트랜드 창조가 가능해진다.

# 13.
# 영광의 레이서

[주무실 것 같아 문자로 남깁니다.]

그날의 아침은 한 통의 문자로 시작됐다.

[T브랜드에서 연장 계약을 제안했습니다! 무려 2년이나요.]

민호는 졸린 눈을 비비며 휴대전화의 문자를 확인했다. 미란다에게 도움을 주며 교섭할 때 예상은 했기에 놀라지 않았다. 생각보다 빠르게 결과가 나온 것을 보니 확실히 마음에 들었나 보다.

문자를 확인하고 눈을 감는데 수신음이 연이어 날아들었다.

[앞으로는 T브랜드에서 생산되는 모든 의류를 무상으로 지원받을 수 있습니다. 협찬받은 의류를 입고 방송에 나가면 추가 광고

비까지 지급받는 끝내주는 계약이죠.]

[미란다 송 디렉터님이 강력하게 추천했다던데 대체 어떻게 하신 겁니까?]

[사장님께서 이건 전적으로 민호 씨 공이라면서 연장 계약에 따른 추가금 이외에 특별 보너스를 주셨습니다. 일어나면 확인해 보세요. @첨부사진 〈Click〉]

민호가 잠에서 깨지 않기를 배려한 공 매니저의 문자는 결국 그의 잠을 달아나게 했다.

'보너스?'

하품하며 첨부된 링크를 클릭한 민호는 공 매니저가 보낸 사진을 보고 정신이 확 들었다. 붉은 몸체의 스포츠카가 균형 잡힌 매끈한 용체를 뽐내며 남자의 로맨스를 불태우게 만들었다.

[사장님 동생분이 수입차 중개인을 하시거든요. 얘기해 두었다니까 언제든 매장 방문하셔서 찾아가시면 된답니다. 그럼, 내일 아침에 뵙겠습니다!]

역동적인 검은 말이 새겨진 마크만 봐도 이 차가 돈이 있어도 쉽게 구할 수가 없는 차종임을 알 수 있었다.

재원을 검색해 보니 4497cc, 605마력의 엔진에 최고 속도가 무려 325㎞/h였다.

'KTX급이잖아!'

어느 영화에서 본 고속철도와 나란히 달리던 슈퍼택시가 떠올라 절로 몸이 달아올랐다. 공 매니저가 보낸 주소를 확인하니 숙소와 멀지 않은 곳에 있는 장소였다.

이게 웬 떡!

민호는 신이 나서 일어났다.

당장 세면실로 달려가 씻고 돌아와 옷을 입고 있는데 반대편 침대에 있던 가람이 부스스 일어났다.

"벌써 연습하시게요?"

"아냐. 잠깐 갔다 올 데가 있어."

민호는 방문을 나서다 가람에게 물었다.

"너 제로백 3.4초인 차 타본 적 있냐?"

"으응? 그게 뭐예요?"

"시속 100㎞를 3.4초 만에 찍는 거. 어때? 타보러 갈래?"

"이번에는 레이싱 게임이 꽂히셨나 보네요."

그런 차가 있다는 걸 전혀 생각해 보지 않은 듯 가람의 착각은 저 먼 어딘가를 향해 있었다.

"전 됐어요. 레이싱은 취미가 아니라서. 암튼 잘 다녀오십쇼. 차 얘기 들으니 간만에 꿈속에서 아스카 짱이나 만나야겠습다~"

"그, 그래."

가람은 크게 하품을 하더니 다시 이불을 뒤집어썼다.

"자식. 끌고 오면 타보고 싶어도 순서 좀 기다려야 할 거다. 2인승이거든."

혀를 끗끗 찬 민호는 곧 새 차를 얻는다는 흥분감에 휩싸여 숙소를 나섰다.

수입차 전시관이 쭉 늘어서 있는 사거리에 도착한 민호는 주소에 적힌 매장으로 발걸음을 옮겼다.

"실례합니다."

들어서자마자 직원이 달려 나왔다.

"어서 오세요. 어떻게 오셨죠?"

"임소희 사장님 소개로 왔는데, 강민호라고 해요."

"아. 딜러님 모셔올게요."

직원이 안쪽 매장으로 이동한 사이 민호는 넓은 공간에 전시된 차들을 둘러보았다. 형형색색 반짝거리는 수많은 로망들이 민호를 반기는 중이었다.

'하나같이 쌩쌩 달리게 생겼네.'

민호는 자신의 애마가 될 스포츠카 역시도 신이 나게 달려주리라 믿어 의심치 않았다.

"강민호 씨?"

안쪽에서 정갈한 복장을 차려입은 서른 초반의 여인이 걸어 나왔다. 차를 판다고 해서 남자일 것으로 생각했던 민호는 임소희와 닮아 있는 여인의 모습에 살짝 놀랐다.

똑 부러지게 생긴 눈매까지 비슷한 임소희의 동생이 민호의 앞에 섰다.

"언니에게 말씀은 많이 들었어요. 임소혜라고 합니다."

그녀는 악수와 함께 인사를 나눈 뒤에 바로 본론을 꺼냈다.

"매장 뒤 주차장에 세팅해 놨어요. 면허증은 가져오셨죠?"

"그럼요."

민호는 고등학교 졸업하자마자 친구들과 단체로 딴 1종 보통면허증을 자랑스럽게 꺼내 내밀었다. 따로 운전할 일이 없어 그간 장롱면허가 되어 버렸지만, 어차피 오토기어 운전이니 괜찮았다. 기어와 클러치를 조작하는 1톤 트럭과 자동변속이 되는 차량 간의 난이도 차이는 비교할 것도 없었다.

'껌이지, 껌.'

물론 주행에 익숙해질 때까지는 조심히 운행해야 하리라. 오면서 속도를 실컷 내볼 수 있는 원형서킷도 검색을 해두었다. 그곳이라면 귀와 가슴이 먹먹해지는 엔진음을 마구 느껴볼 수 있을 것이다.

면허증을 들고 간단히 기록을 마친 임소혜가 말했다.

"대금 관련 업무는 매니저님을 통해 마무리할 테니 민호씨는 차량 수령 후 사인만 하시면 돼요. 이쪽으로 오시죠."

민호는 떨리는 마음으로 임소혜를 따라 주차장으로 향

했다.

달칵.

문이 열리고 차들이 일렬로 늘어서 있는 외부 주차장의 전경이 드러났다. 임소혜는 그 한가운데 있는 모델을 가리켰다.

"후회는 없을 선택이 되실 거라고 자신해요. 국내에 몇 대 풀리지 않은 유니크한 모델이거든요. F사에서 새로 내놓은 운전의 재미를 극한까지 추구한 차라고나 할까요?"

그녀의 설명을 따라 차를 이리저리 살피고 있던 민호는 고개를 옆으로 숙였다가 주차장의 구석에 배치된 차에 시선이 정지됐다.

"어라?"

뜬금없는 신음성에 임소혜는 귀를 쫑긋했다.

"왜 그러시죠?"

어디 문제라도 있느냐는 그녀의 눈빛에 민호는 은은한 빛에 휘감겨 있는 끝 쪽의 차를 가리켰다.

"저쪽의 저거 말인데요. 무슨 차죠?"

누군가 사용한 흔적이 곳곳에 완연한, 사연이 있는 듯한 클래식카. 민호의 손짓을 따라 차를 확인한 임소혜가 바로 대답했다.

"86년형 컨버터블 모델이네요. 차주 분이 돌아가셔서 일족 분께서 회사에 되파신 중고차예요. 국내에는 구매 수요가 없어서 북미로 보내려고 준비 중이죠."

"그래요?"

임소혜는 설명을 마친 뒤 사인만 남은 서류를 민호에게 내밀려고 했다. 그러나 민호는 뭔가에 홀린 사람처럼 구석의 차로 걸어갔다.

투박하고 둥근 헤드라이트에 샛노란 옷을 입은 차체.

광이 반짝반짝 나는 다른 차들에 비하면 구식이었지만 그 오래됨이 되려 매력적으로 다가오는 외형을 가진 차였다.

민호는 기대감이 가득한 채로 빛이 어려 있는 차에 손을 대 보았다. 빛은 사라지지 않고 차도 아무런 반응이 없었다.

호리병과 같은 유품의 반응!

'대에에에박!'

히죽 웃고 고개를 돌린 민호가 들뜬 표정으로 물었다.

"이건 가격이 어떻게 되죠? 저 차 대신에 이걸 받아갈 수 있나요?"

"프리미엄이 붙어서 가격은 비슷하지만, 성능 좋은 신제품 놔두고 왜 굳이 이 모델을……."

"필이 딱 왔거든요."

남자의 로망 스포츠카야 돈을 벌어서 사면된다. 그러나 이런 유품은 언제 또 발견할지 전혀 모르는 일이었다.

민호는 세팅이 끝난 차에 앉아 내부를 살펴보았다. 그나마 핸들에 씌운 커버만 새것이었을 뿐, 내부 디자인은 죄다 예스러움이 묻어나왔다. 아날로그시계 같은 계기판에 골동품처럼 생긴 라디오까지.

80년대에는 최신형이었을 스타일이 지금은 앉아 있는 것만으로 그 시절 이야기를 한 보따리 늘어놓을 수 있는 공간으로 변해 있었다.

창문 옆으로 다가온 임소혜가 소유권 이전 서류를 건넸다.

"정말 이것으로 괜찮으시겠어요?"

"괜찮고말고요."

차 키를 꼽은 민호가 만족스러운 웃음을 지어 보였다. 임소혜는 보닛 부근을 툭툭 두드리며 말했다.

"튼튼한 프레임으로 유명한 연식의 모델에 사고 기록도 없는 차에요. 엔진도 세심하게 관리했고요. 요즘 차에 비해 주행적인 측면에서는 특별히 모자랄 것 없으니 그 부분은 걱정하지 마세요."

"암요, 암요."

민호에게 마력이니 제로백이니 차의 재원은 더 이상 중요한 문제가 아니었다.

"이만 가볼게요. 수고하세요."

손을 흔들고 시동을 걸었다. 임소혜는 한쪽으로 물러나며 공손히 눈인사를 건넸다.

부릉–!

둔중한 배기음과 함께 차체가 부르르 떨렸다. 사이드브레이크를 내린 민호는 기어에 손을 올렸다. 주행인 D로 놓으려고 보니 철컥하고 걸렸다.

'아차차! 오토매틱이 아니지.'

민호는 이것이 4년 만의 수동차량 운전임을 깨닫고 머리를 톡 쳤다.

'1단 넣고~'

텅텅…… 푸르르.

"오잉?"

시동이 꺼지자 물러나 있던 임소혜가 당황해서 쳐다보았다. 민호는 별일 아니라는 듯 고개를 저어 보이며 다시 시동을 걸었다.

'릴렉스, 릴렉스.'

면허장에서 운전하던 1톤 트럭보다 훨씬 민감했다.

"중요한 건 클러치를 밟는 간격입니다. 알게 되면 자연스레 스타트 포인트가 몸에 배게 됩니다. 클러치를 너무 급하게 떼지 않는다는 생각으로 하시면 되고요."

가물가물한 운전학원 강사의 조언을 떠올리며 재차 시동을 걸었다.

다행히 두 번째 시도에선 시동을 꺼트리지 않고 전진할 수 있었다. 일단 주차장을 벗어나 대로로 나오자 달리는 데에는 문제가 없었다.

'공터에 가서 연습 좀 하고 가야겠어.'

후배 녀석들 앞에서 시동을 꺼트리면 그보다 쪽팔릴 일은 없을 테니까.

점심이 조금 넘어 숙소로 돌아오자 후배들이 벌 떼처럼 달려 나왔다.

"선배니임!"

"민호 형!"

"정말로 차 뽑으신 거였어요? 제가 먼저 탑승…… 으잉?"

선두에 서 있던 가람은 예상보다 허름해 보이는 클래식카의 외관을 보며 눈을 크게 떴다. 줄줄이 나온 후배들도 가람에게 들었던 것과는 다른 차 같아 보여 터라 애매하다는 표정들을 지었다.

열린 창문으로 큼지막한 고개를 들이민 가람이 믿기지 않는다는 표정을 지었다.

"멋은 있어 보이는데 이게 정말 3.4초 만에 100㎞를 찍는 차에요? 뻥치신 거죠?"

민호는 손끝으로 가람의 이마를 콩 하고 튕겼다.

"앗따따!"

"짜샤. 이 차는 단순히 빠르기만 한 게 아니야."

"그럼요?"

민호는 은은한 빛으로 휘감겨 있는 차를 보며 생각했다.

'그건 이제부터 알아봐야지. 후훗.'

그날 밤. 민호는 베개와 이불을 들고 숙소 밖에 주차된 차로 향했다. 호리병과 마찬가지로 유품의 주인과 직접 맞닥뜨리지 않으면 능력을 사용할 수 없음을 알기에 아예 이곳에서 잠을 잘 생각이었다.

들고 온 호리병에서 취화정을 한 방울 먹는 것으로 강제 취침 준비도 완료됐다.

그때도 잠결에 얻었으니 지금도 마찬가지일 거란 생각에 좌석에 몸을 누이고 즐거운 마음으로 눈을 감았다.

'즐잠!'

운전석에서 뒤척이던 민호는 번쩍하고 눈을 떴다. 현실의

감각이 그대로 살아 있는 이곳은 꿈이라 부르기에도, 아니라고 말하기에도 어려운 시공간이었다.

민호는 주위를 돌아봤다. 몸을 감싸고 있던 이불은 사라졌으나 차 안의 모습은 그대로였다.

'아냐. 아예 새 차처럼 보여.'

86년도 모델이라고 했으니 그즈음의 시기일 것이란 생각이 들었다.

백미러를 보니 본래의 얼굴이 아닌 낯선 사내의 얼굴이 보였다. 반곱슬의 머리에 매끈한 턱선을 가진 훈남이었기에 잠시 뺨을 매만지며 감탄했다. 장씨 노인과는 달리 꽤 잘나가던 사람이었나 보다.

탕탕탕!

지붕을 때리는 소리에 민호의 고개가 돌아갔다.

『미스터 팍. 준비해.』

민호는 손에 무전기를 들고 있는 파란 눈의 외국인을 보고 눈이 커졌다. 정갈한 콧수염을 기른 외국인은 목에 제임스라는 이름표를 걸고 있었다.

『이번 씬 무척 중요하니까 한 번에 가야 해. 응급 팀 준비되어 있으니까 걱정하지 말고 과감히 치고 나가. 감독님도 그걸 원하고. 알겠지?』

민호는 제임스의 말이 영어임에도 귀에 쏙쏙 박혀 반사적으로 대답했다.

"오, 오케이."

밖을 살피니 태양이 무척 높게 보이는 하늘과 황토 빛의 대지가 펼쳐져 있었다. 이국적인 풍경 사이를 쭉 가로지르는 도로는 끝이 보이질 않았다.

'여기 한국이 아니잖아?'

앞에는 또 다른 차량이 줄지어 대기 중이었고, 카메라를 싣고 있는 트럭 2대가 양옆에 자리해 이 차를 주시 중이었다.

민호는 그제야 이곳이 영화 촬영장의 한복판임을 알았다.

『미스터 팍! 출발해!』

제임스가 앞에서 손짓했다.

서킷이 아니라 일반 도로. 앞서 달리는 수많은 차들. 이 유품의 능력을 얻기 위한 주인의 미션은 아마도 이 촬영과 관련 있어 보였다.

'추격전이라도 찍는 건가?'

마치 레이싱 게임의 출발선에 선 것처럼 가슴이 두근거려 왔다. 한때 오락실을 누비며 86과 함께 고갯길 배틀을 뛰어 본 기억이 새록새록 떠올랐다. 종이컵에 물을 담아 걸어두고 유로비트의 BGM이 깔려주면 금상첨화일 텐데.

민호는 출발을 위해 꽂혀 있는 키를 돌렸다. 부르르 떨리던 차체는 시동이 걸리기는커녕 곧바로 엔진의 풀이 죽어버렸다.

다시 키를 돌렸으나 마찬가지.

'뭐야? 시동 거는 것 정도는 공터에서 완벽 마스터했다고!'

여러 번 키를 돌렸으나 아예 먹통이 되어버렸다.

앞에서 출발하라고 열을 올리고 있던 제임스가 눈을 부릅떴다.

『시간 없어 미스터 팍! 어서 출발해!』

민호는 차를 가리켜 보이고 망가졌다는 제스처를 해 보였으나 제임스의 표정은 단호했다.

"나 원."

그때, 운전석 앞쪽의 라디오가 저절로 켜지며 주파수를 찾는 소음을 발생시켰다. 채널이 맞았는지 지직거리는 소음이 사라지고, 합성된 기계음 같은 목소리가 흘러나왔다.

―코드를 말하세요.

"응? 지금 나한테 얘기한 거야?"

―정확한 코드를 말하세요. 그러지 않으면 출발할 수 없습니다.

"뭐야? 코드가 뭔데?"

―이 차의 애칭입니다.

바로바로 대답까지 하는 것이 꼭 인공지능이 탑재된 것처럼 느껴졌다.

'가만있자.'

애칭이라 하면 차주의 취향과 관련 있는 별명일 터였다. 민호는 설마 하여 어릴 적 무척 빠져들었던 슈퍼 레이싱 카의 이름을 불러보았다.

"아스라다?"

–부정확.

"제로의 영역 몰라?"

–정확한 코드를 말하세요.

차의 연식이 연식인 만큼 더 오래된 시기의 차를 궁리해 보았다.

"키트?"

–부정확.

라디오가 말을 하니 어쩌면.

"범블비?"

–부정확.

"뭘 어쩌라고!"

아마도 취향이 비슷하지 않으면 시동조차 허락하지 않겠다는 심보 같았다.

민호는 한숨을 푹 쉬며 이번 유품과 관련된 주인의 성향이 무엇인지를 파악하기 위해 주력했다.

차 안을 살펴보던 민호는 조수석의 서랍을 열어 안에 뭐가 들었는지를 확인해 보았다. 라이센스 등록증과 선글라스 외엔 아무것도 없었다. 등록증에 영문으로 박철이란 이름이 쓰여 있는 것을 확인했을 뿐이었다.

실망하여 서랍을 닫았다. 그러다 조수석 유리창 구석에 붙어 있는 자그마한 캐릭터 스티커에 시선이 머물렀다.

'이건…….'

민호의 입가에 회심의 미소가 어렸다.

"너 설마 붕붕이니?"

꽃향기를 맡으면 힘이 솟는 그것.

—승인 완료.

부르릉—!

키가 저절로 돌아가 시동이 걸렸다.

"빙고!"

대기 중인 차들이 일제히 배기음을 토해냈다. 모두가 엔진의 RPM을 올리며 으르렁대자 일대에 지진이 난 것처럼 굉음이 일었다.

'우오오!'

드디어 2호 유물을 갖게 된다는 기대감에 더욱 흥분감이 일었다.

'앞의 차를 다 따라잡아야 자격시험 통과겠지?'

민호는 전방을 살피며 차의 숫자를 헤아려 보았다.

총 10대. 잘 달릴 것 같은 날렵한 차들이었다. 각 차의 뒷면 유리창마다 카메라맨이 한 명씩 붙어 있는 것이 실감 나는 추월 장면을 찍기 위함으로 보였다.

"근데 이거 무슨 영화래?"

–개봉되지 못한 영화입니다.

자칭 붕붕이라 칭하는 라디오의 정체 모를 인공지능이 무미건조한 기계음으로 대답했다.

"이 정도 규모의 촬영인데 개봉을 못 했다고?"

양옆의 촬영 트럭이 서서히 이동을 시작했다. 트럭은 원거리에서 촬영하는 듯 도로가 아닌 사막으로 이동했다. 모든 차가 하나둘 출발하는 가운데 붕붕이가 말을 걸어왔다.

–스타트 RPM은 5,500으로 유지하세요.

"붕붕아, 근데 나 장롱면허야."

–촬영 종료 시까지 부족한 드라이빙 테크닉은 강제 보정됩니다.

'강제 보정?'

기어가 철컥하며 1단에 맞춰졌다.

'오호!'

실제 운전보다 간단한 레이싱 게임 정도의 난이도라면 충분히 할 만하다.

민호는 액셀을 밟아 RPM을 올렸다 내렸다 하며 프로 드라이버인 척 엔진을 예열시켰다. 앞선 차량이 순식간에 가속해 모두 떠났다.

-5, 4, 3, 2…….

붕붕이가 카운트를 시작했다.

-……1.

끼이이이이-!

바퀴가 마른 노면에 엄청난 마찰력을 전달하자 민호도 전신이 의자에 파묻힐 것만 같은 압박감을 느꼈다. 기어가 저절로 2-3-4로 이어지며 수초 만에 최고 속도를 향한 질주를 시작했다.

"크어엇."

그 중압감에 운전에 익숙지 않은 민호는 액셀에서 발을 뗐으나 붕붕이에 의해 강제 보정되어 가속이 유지되었다.

가속 구간이 끝나고 속도 계기판의 바늘이 12시를 돌파할 무렵 어느 정도 관성이 붙었다. 민호는 그제야 겨우 숨을 돌렸다.

'압박이 장난 아니야.'

사막지형의 한복판을 내달리기 시작한 차는 이내 추월을 해야 할 처음 대상에 근접했다. 아직 최고 속도가 아닌 터라 치고 나갈 여유는 충분히 있었음에도 앞차는 비집고 지나갈 공간을 내어주지 않았다.

"이잇."

민호는 핸들을 좌우로 흔들며 치고 들어갈 공간을 노렸으나 상대도 노련하게 마크했다.

-앞차의 주행라인을 따라 거리를 2미터로 유지하십시오.

방법을 찾지 못한 민호에게 천금 같은 붕붕이의 도움말이 날아들었다. 민호는 직선주로 한가운데를 점령한 앞차의 뒤에 바짝 따라붙었다.

"이렇게 하면 되나?"

그러자 귀를 먹먹하게 만들던 엔진음과 마찰음이 줄어들었다. 앞서 가는 차가 바람을 혼자 맞아 뒤쪽이 편해진 느낌이 들었다.

엔진에 여력이 생긴 느낌은 차체의 흔들림이 안정된 것만으로도 알 수 있었다.

-전방 120m 코너.

그 순간, 완만한 언덕을 오른쪽으로 끼고 도는 지형이 다가왔다. 앞차는 브레이크를 짧게 여러 번 밟아 감속한 뒤 바깥라인에서 안쪽을 파고드는 방식으로 코너를 공략했다.

민호도 그것을 따라 브레이크를 밟으려 했다. 그러나 웬걸. 브레이크 페달이 강제 보정되어 꿈쩍도 하지 않았다. 핸들까지 굳어져 오른쪽으로 움직이지 않았다.

"뭐!?"

코너를 돌 때 감속을 해야 한다는 상식을 무시한 살인적인 스피드. 그 상태로 차가 코너에 돌입했다.

"브레이크으으으!"

민호는 현실도 아닌 유품의 시험 속에서 주마등과 마주할 줄은 몰랐다. 24년간의 추억이 꿈처럼 아스라이 떠올랐다 사라져 갔다.

-지금입니다.

앞차와 도로 경계 사이의 아주 작은 공간에 머리를 비집어 넣은 차에 드디어 브레이크가 걸렸다.

민호가 반사적으로 핸들을 꺾자 메고 있는 안전벨트가 아니었다면 로켓처럼 튕겨 나갔을 것이 분명한 무게감이 옆으로 쏠렸다.

"끄흡!"

짧은 호흡 동안 5-4-3으로 기어가 번개처럼 변속 됐다. 라인에 바짝 붙어 미끄러지듯 코너링을 도는 차체의 움직임에 민호는 경악하면서도 눈이 휘둥그레졌다.

끼이이이이—!

노면을 최소한의 저항으로 지나는 발군의 드리프트 컨트롤에 앞차는 물론이고 막 코너를 빠져나가던 그다음 차량까지 한 번에 통과됐다.

—다음 코너에 대비하십시오. 전방 150m.

“이러다 심장 마비로 죽겠어!”

—죽진 않습니다.

붕붕이의 차분한 대응에 민호는 라디오를 째려봤으나 기계에 얼굴이 있을 리 만무. 어쨌든 추월을 위해선 붕붕이에 의지할 수밖에 없기에 잠자코 따랐다.

‘간단치가 않아.’

게임 수준의 실력이면 된다고 하나 운전석 안에서 느끼는 체감은 똑같았다. 거기다 다른 차의 주행이 정석적이라면 이 차의 주행은 곡예 그 자체였다.

민호는 휙휙 스쳐지나가는 주위에는 신경 쓸 여력도 없이 오로지 앞차에만 집중했다.

정신 바짝! 앞차에도 바짝 붙어 추월을 노리던 민호는 왼편으로 크게 꺾인 다음 코너를 보며 헛바람을 들이켰다.

“저건 너무 꺾였잖아.”

—속도를 높이십시오.

“안 줄이고?”

—추월에만 신경 쓰십시오.

긴박한 주행과는 어울리지 않는 무신경한 기계음에 민호는 뒷골이 당겨옴을 느꼈다.

코너 돌입 직전.

–지금입니다.

민호는 강제 보정되어 있던 브레이킹 페달에 계속 힘을 주고 있다가 그대로 바닥이 뚫어져라 밟았다. 롤러코스터 급의 맹렬한 코너링에 아찔함이 찾아왔다.

“끄으윽!”

넋이 나가고, 비명을 지를 기운까지 같이 빠져나가 버리는 색다른 체험이었다.

‘그래도 처음보단 두 번째가 나아. 이건 리얼한 레이싱 게임일 뿐이야. 쫄지 마!’

차 하나를 그대로 통과해 남은 차량은 7대가 됐다.

–시트와 밀착된 허리에서 전해지는 정보에 주의해 브레이킹 포인트에 익숙해지십시오.

“그게 무슨 말이야?”

–머리가 안 좋으면 몸으로 느끼면 됩니다.

“얌마!”

–다음번엔 브레이킹이 강제 보정되지 않습니다.

“뭐? 약속이 다르잖아!”

그러면서도 할 수밖에 도리가 없었다. 아버지의 금고에 있던 휘황찬란한 유품에 필적하는 보물을 얻을 고지가 코앞이다!

다음 코너에서도, 다다음 코너에서도 차의 한계 영역에서 시작된 코너링은 계속해서 이어졌다.

민호는 이를 악물며 버틴 끝에 이젠 급변속하는 구간에서 침착하게 브레이크를 밟을 수 있을 정도까지 올라섰다. 공포감과 급가속의 압박이 반복되자 그저 리얼한 게임 수준이라 중얼거린 자기 최면이 어느 정도 성과를 냈다.

–다음은 액셀이 강제 보정되지 않습니다.

"나 힘들다고!"

그러나 첫 코너를 돌입했을 때처럼 액셀에서 바로 발을 떼진 않았다. 치고 들어갈 수 있는 자리가 보일 때까지 참았다가 브레이킹!

"이거 어땠어?"

–나쁘진 않았지만 2대 추월할 수 있을 타이밍에 1대에 그쳤습니다.

"그럼 나쁘다는 거잖아?"

–빙고.

"칫."

클러치, 브레이크, 액셀의 페달이 출렁였다. 기어는 눈에 보이지 않을 정도로 휙휙 움직였다. 이 와중에 핸들까지 조작해야 하는 정신없는 드라이빙에 민호는 집중 또 집중했다.

탄력을 받아 직선주로로 나오자 훨씬 높은 가속력으로 연이어 2대를 따돌렸다.

"좋아! 이제 하나 남았어!"

흙먼지를 일으키며 달리고 있는 선두의 차량은 짙은 선탠이 되어 있는 은빛 쿠페였다.

–클라이맥스입니다.

추월해야 할 차가 일부러 속도를 줄여 옆으로 다가왔기에 민호는 이 구간에서 전형적인 영화의 한 장면을 떠올렸다.

창문을 열어 서로 마주보고 눈을 빛내는 배우들의 모습. 아마도 그 촬영은 각도를 달리해 배우들이 직업 하리라.

"라이벌과의 마지막 대결 구도란 말이지?"

옆에서 나란히 달리던 쿠페의 창문이 내려갔다. 무척 젊어 보이는 외국인 청년 하나가 운전석에 앉아 자신감 어린 미소를 지었다.

『그냥은 안 보내줘.』

엔진 소음 때문에 잘 들리지 말아야 함에도 이 말은 민호의 귀에 또렷하게 들어와 박혔다.

–교육은 끝났습니다. 이제 실전. 굿럭!

"뭐?"

민호는 고개를 갸웃했다. 라디오가 지직거리는 소음과 함께 꺼졌다.

"붕붕아?"

묵묵부답이 되어 버린 붕붕이.

'이거 설마.'

진정한 미션 냄새가 강하게 났다.

가르쳐 줄 만큼 가르쳐 줬으니 강제 보정이 사라진 상태에서 이겨라. 그래야 시험 통과다.

튜토리얼이 끝나고 실제 미션이 시작되는 레이싱 게임이라면 충분히 예상할 수 있는 그림이었다.

민호는 긴장에 휩싸였다.

혼자 힘으로 숙련된 레이서를 이긴다는 건 말도 안 되는 일이었으나 다행히 앞의 길은 곧았다. 코너에서의 변속만 아니라면 이젠 기어 변환도 문제없었다.

흘끔 옆으로 시선을 돌린 민호는 쿠페의 뒷좌석에서 자신을 찍고 있는 카메라를 발견했다.

'정교한 드라이빙으로 가다가 끝에는 남자들의 배짱 싸움. 그러면 앞에 절벽이 있게 마련인데.'

그야말로 뻔할 뻔자의 결말은 아닐 것이다. 이거 할리우드 영화 아니지?

"까짓것 달려보자!"

부아앙!

옆의 쿠페가 갑자기 내달리기 시작했다. 민호도 덩달아 액셀을 끝까지 밟았다. 계기판의 바늘이 더는 오를 수 없는 지점까지 차올랐다.

양 차가 나란히 서서 속도만으로 대결하는 경합이 시작됐다. 노면의 결을 따라 핸들에서 느껴지는 진동만으로도 민호는 이것이 이 차의 한계속도임을 알았다.

"어어! 왜 재가 더 빨라?"

옆의 쿠페가 서서히 치고 나가는 것으로 엔진 출력싸움의 우위가 정해졌다.

"주연은 이쪽이잖아!"

말이 들릴 리가 없는 상황. 지게 되면 시험을 통과 못 한다고! 아까 언뜻 본 외국인의 얼굴을 보아선 경적을 울리고 하이빔을 깜박이며 진상 부린다고 차를 멈추고 달려 나와 멱살을 잡을 사람처럼 보이진 않았다.

'어쩌지?'

민호는 백미러로 시선을 던져 박철의 얼굴을 다시금 바라보았다. 외국의 영화 촬영장에서 카 추격씬을 찍는 동양인이라는 건, 보통의 실력이 아니라는 말일 것이다. 게다가 이 포지션은 주역이었다.

"여기서 실패한 게 아쉬움으로 쌓였던 거죠? 근데 이건 차 자체의 스펙이 모자라서 패한 거잖아요! 당신은 충분히 능력자라고요!"

거울을 향해 외쳐봤으나 박철도, 붕붕이도 말을 하지 않았다.

그렇게 민호가 멀어지는 쿠페를 보며 안절부절못하고 있던 때에 라디오의 전원부에서 초록빛이 깜박였다. 풀가속 중인 엔진의 RPM처럼 빠르게 점멸하던 초록빛은 어느 순간 반으로, 다시 반으로 깜박임이 줄어들었다.

그것을 인지하지 못한 민호는 그저 전방을 주시하고 있다가 왠지 모르게 차의 속도가 느려진 느낌이 들어 옆으로 고개를 돌렸다.

'헉.'

움찔 놀라고 말았다. 풀조차 메마른 빛깔을 띤 건조한 사막 지역이 정지된 사진처럼 너무도 확연하게 눈에 들어온 것이다.

경기에 집중한 레이서의 시력은 보통 사람과는 비교할 수 없을 정도로 정밀하다. 박철의 몸이 되어 있는 민호는 그의 신경과 교감하며 극대 된 동체시력을 실시간으로 느꼈다.

다시 정면으로 시선을 돌린 찰나.

"저건 뭐야?"

민호는 도로 한복판이 움푹 들어간 장애물을 발견했다. 아직은 까만 점에 불과하지만 알 수 있었다. 이 속도로 가면 인지하고 브레이크를 밟기 전에 부딪힌다.

"야아! 멈춰! 멈춰!"

조금씩 앞서 가는 쿠페를 향해 경적을 울리고 헤드라이트를 깜빡였으나 속도가 전혀 줄지 않았다.

민호는 그제야 정황을 알아챘다.

이기고 지는 것이 중요한 게 아니다. 이건 어차피 영화 촬영이니까. 과거에 이것과 똑같은 상황이 있었다면 저 앞차는 가다가 전복하고 말 것이다.

'정말 절벽 같은 게 있던 거였어?'

호승심에 불타던 라이벌이 촬영과 상관없이 내달리다 큰 사고로 이어졌다는 결과. 박철은 이것이 안타까웠던 거였다.

문제는 말귀를 못 알아듣는 저 외국인을 어떻게 막느냐는 것이다.

"들이받을 수도 없고."

고민하던 민호는 쿠페의 뒤 창문에 대고 이쪽을 찍고 있는 카메라맨에게 시선이 머물렀다. 괜찮은 생각이 번뜩였다.

"엉망진창 본 실력을 발휘해 볼까?"

민호는 속도를 줄이며 핸들을 옆으로 꺾었다.

쿠당탕!

흙먼지를 거하게 날리며 도로가 아닌 곳을 달리기 시작한 차. 홀로 앞을 달리던 쿠페의 주행 라인이 비틀하며 당황한 것이 느껴졌다.

'자고로 카메라는 주연만 따라오는 법이지.'

쿠페가 황급히 핸들을 꺾어 민호의 라인을 따라붙었다.

레이스의 상황이 바뀌었다. 더불어 영화 시나리오도 변했다.

석양을 향해 달리는 야성적인 두 차의 모습.

이제야 정신을 차린 쿠페가 서서히 속력을 줄이다 근사한 드리프트와 함께 미끄러져 나갔다. 산등성이에서 이 장면을 찍으며 지시를 하고 있던 감독이 무전기로 전 스태프에 오케이 사인을 보냈다.

촬영 종료!

"휴우."

차가 스스로 멈췄다. 민호는 허허벌판이 되어버린 주위를 둘러보았다.

'성공?'

미끄러졌던 쿠페가 어느새 다가와 바로 옆에 멈춰 섰다. 창문을 연 외국인이 말했다.

『반칙! 미스터 팍, 그렇게 안 봤는데 승부를 피하네.』

민호는 박철 혹은 붕붕이로 분한 영혼이 움직이려는 것을 느끼고 그대로 몸을 놓아두었다.

차문을 열고 밖으로 뛰어 나가 외국인의 멱살을 붙잡고 끌어낸 박철.

『이 자식 운전 똑바로 안 하나! 앞에 안 봐!』

운전하다 열 받은 전형적인 한국인 아저씨의 모습이었기

에 민호는 저절로 고개가 끄덕여졌다.

잘나가던 레이서에서 잘나가는 스턴트맨으로. 그리고 불의의 사고로 그 모든 것을 포기하게 된 이날의 순간까지.

그가 품고 있었던 오래된 숙원이 무엇이었는지를 이해하고 나자 민호는 이 순간의 장면이 의식 저편으로 멀어져 감을 느꼈다.

민호는 이불을 덮고 있던 그 자세 그대로 눈을 떴다. 햇살이 어슴푸레한 것이 새벽이었다. 취화정의 기절 효과는 탁월하여 운전석에서 내리 잤음에도 처음 자세 그대로 조금도 뒤척이지 않았다.

덕분에 머리는 상쾌한데 몸은 나른했다.

"에구구."

노인정에서나 들을 법한 신음을 지르며 기지개를 켠 민호가 팔다리를 주무르며 굳어진 몸을 풀고 있던 때였다.

숙소 문이 덜컹하며 열리는 소리가 들렸다. 돌아보니 쫙 붙은 운동복 차림의 가람이 손을 앞뒤로 흔들며 손뼉을 치는 자세로 나오고 있었다.

민호는 허리춤에 걸쳐진 이불을 발밑으로 쓱 밀었다. 대문을 나선 가람이 차 안에 앉은 민호와 눈이 마주쳤다.

“거기서 뭐 하세요?”

“모닝…… 드라이브?”

라고 대답했으나 가람이 미심쩍어하는 기색으로 다가왔다.

“형 설마?”

민호는 멀쩡한 집 놔두고 차에서 잠을 자는 기행을 들켰다는 사실을 인정하고 적당히 둘러대려고 했다.

“그래, 따샤. 이 차에서…….”

“밤에 나가시는 것 같더니 클럽 다녀오신 검까? 저 좀 데려가시지. 어떠셨어요? 혹시 원, 원나이이잇?”

“……뭐?”

이 새벽에 또랑또랑한 눈빛으로 차에 앉아 있었기에 막 잠에서 깼다고는 의심하지 못한 모양이었다. 가람의 부럽다는 눈길에 민호는 ‘어험!’ 하고 헛기침을 했다.

“저급한 생각하지 말고, 음악 좋은 카페서 걍 리듬만 타다 왔어. 그러는 너는 이 새벽에 어디 가냐?”

“아침 조깅이요.”

가람은 배를 통 두드렸다.

“광안리 가서 웃통 좀 벗고 다니게 다이어트 들어갑니다.”

“광안리?”

이곳은 펜타스톰 서머시즌 결승 특설무대가 예약된 장소

였다.

"우리 선배님 결승 나가시면 따라가서 응원해야죠. 팀원인데."

가람이 갑자기 진지한 표정을 지었다. 이제 8강전을 앞두고 있지만, 결승진출을 기정사실화하는 후배를 앞에 두고 민호는 슬쩍 눈을 돌렸다.

다음 주에 이겨야 할 8강 상대도 만만치 않은데다 4강에는 이글스의 미친고딩이 기다리는 중이었다.

'내가 좀 자신만만하게 굴긴 했지.'

앞으로의 게임단 생활에서 어깨에 힘 좀 주기 위해서라도 결승은 꼭 가고야 말리라.

신발끈을 정리한 가람이 일어섰다.

"저 출발합니다!"

"그래, 열심히 해."

이번에 성공해서 살 좀 빼면 녀석의 코골이도 좀 줄어드리란 생각에 민호는 적극적인 응원을 보냈다.

'가만.'

민호는 다이어트에 도전했다 실패하는 사람 대부분이 겪는 의지 문제를 떠올리고 고민했다. 입대 전의 자신도 헬스장 3개월을 끊었다가 몇 번 나가보지도 않고 내팽개치지 않았던가.

"너 살 빼면 뺀 만큼, 킬로당 5만 원씩 쏜다."

엉거주춤한 자세로 달리기를 준비 중인 가람이 고개를 돌렸다.

"그램당 50원이네. 뭔 정육점 고기 주문하십니까?"

"뭐 어때, 보상을 준다는데."

"좀 더 쓰시죠."

"좋아 10만 원. 대신, 거기서 도로 찌면 킬로당 5만 원씩 받겠어."

"콜!"

가람이 신이 나서 달려 나갔다.

한차례 소란스러움이 지나간 뒤, 민호는 바닥의 이불과 등에 끼어 있는 베개를 정리해 조수석에 올려두었다. 그리고 차에 시선이 머물렀다.

전직 레이서가 아꼈던 컨버터블형 차.

간밤에 경험한 꿈속의 기억이 새록새록 떠올랐다. 차 전체를 아우르던 은은한 빛이 사라졌기에 능력을 사용하게 될 수 있음은 분명했다.

'드디어 2호 유물이 됐구나.'

운전대를 붙잡은 손가락이 근질거렸다. 동전은 튕기고, 회중시계는 시간을 확인하고, 호리병은 물을 담는 행위로 능력이 발동됐다.

'차는 당연히 시동이지!'

경쾌한 엔진음과 함께 차체가 부르르 진동했다. 민호는 어떤 능력일지 기대감을 안고 주위를 둘러보았다.

절묘했던 드라이빙 테크닉?

아니면 그 테크닉을 저절로 가능하게 했던 강제 보정?

민호는 두근거리는 마음으로 차를 출발시켜 보았다. 꿈속에서 조금 익숙해진 탓인지 기어 조작에 부드럽다고 느껴졌으나 손에 땀을 쥐는 레이스가 아닌 탓에 아직 감이 오지 않았다. 그렇다면 좀 더 큰 길로!

그렇게 차를 몰아 주택단지의 길을 벗어나던 민호는 마을 공원 쪽으로 허둥지둥 달려 나가는 가람의 등을 발견했다.

'느려. 그래가지고 오늘 500원어치라도 빼겠냐.'

라고 생각하며 고개를 돌리다 멈칫하고 말았다. 가람이의 뛰는 동작이 마치 슬로비디오를 보는 듯한 착각이 들었기 때문이었다.

'진짜 느리다고?'

민호는 눈을 비볐다. 유품의 시험 속에서 잠시나마 느껴 보았던 박철과의 교감이 현실에서도 똑같이 벌어지는 중이었다.

멀리 있는 도로면의 손가락만 한 돌조각이 주먹만 하게 보였다. 갓길에 주차된 차들을 피해 골목을 돌아 나가는 가장 빠른 포인트가 눈에 선명하게 그려졌다.

"이럴 수가."

차 안이 아니라 차의 머리 위에서 매의 눈이 되어 주위를 내려다보고 있는 것만 같은 오묘한 기분. 지각의 한계가 범인의 수준을 벗어난, 초일류 레이서가 치열한 경기를 치를 때 경험하는 극한에 이른 감각이었다.

한쪽에 차를 세우고 시동을 끄니 느려짐 현상은 씻은 듯 사라졌다.

실로 진귀한 경험을 한 민호는 휴대폰을 들어 '레이서 박철'에 대한 검색을 시작했다.

【나스카를 평정한 동양계 레이서 아이언 박. '부모 찾아 한국행'】

【국내 레이싱계의 대부, 드라이빙 아카데미 'BB라이딩'설립. 세계 최고의 레이서 육성 포부 밝혀】

【전 나스카 레이서 박철, 지병으로 사망. 한평생 자동차 레이싱 꿈나무들을 위한 토대를 쌓아온 그는 미 회사와 합작으로 드라이빙 시뮬레이터를 개발해……】

아주 오래된 기사부터 최근의 기사까지 두루 훑어보며 이 차의 주인이 가진 레이서로서의 경력이 엄청나다는 것을 알았다.

꿈에서 직접 그가 되어 경주까지 한 터라 차를 득템했다는 느낌보다는 주인에게 물려받았다는 느낌이 강하게 들었다.

“박철 선생님.”

민호는 라디오를 보며 힘차게 소리쳤다.

“잘 타고 다니겠습니다!”

당연하게도 목요일의 출근은 공 매니저의 밴이 아닌 자가용과 함께였다.

오후 인터뷰 스케줄을 위해 직접 방송국을 찾아가는 길.

민호는 휘파람을 불며 액셀을 밟았다. 주변의 상황이 선명하고 느릿하게 보이는 까닭에 시속 70킬로가 결코 70 같지가 않았다.

‘언제 쌩쌩 달릴 수 있는 서킷에 한번 들려봐야겠어.’

가서 하루 정도 교육받으면 서킷을 이용할 수 있는 라이선스를 준다고 하니 맘 놓고 달릴 수 있을 것이다. 최소 200은 밟을 수 있어야 운전할 맛이 나지.

“뷰티풀 모닝이나 들어볼까?”

민호는 신호등 앞에 멈춰 라디오의 전원 버튼을 눌렀다. 차 자체의 성능은 나무랄 곳이 없는데 테이프도, CD도, MP3도 플레이할 수 없는 구식 라디오뿐인지라 이것이 살짝 아쉬웠다.

카오디오만 최신형으로 바꿔볼까 하는 유혹이 들었다가도 이 자체로 완성된 외형을 해치고 싶지 않아 그만두었다. 고전 스타일이라는 건 새로움을 더하기보다 거기 그대로 놓아두는 게 더 멋진 거니까.

어째 미란다스러운 개념이라는 생각에 민호는 씩 웃었다. 그나저나 운전에 대해 냉정하게 떠들던 그 녀석이라도 그대로 있었으면 덜 심심할 텐데.

"붕붕아~ 이제 파란불인데 RPM은 얼마나 올려야 하는 고야?"

민호는 픽 웃었다.

'대답이 있을 리 없지.'

하며 주파수를 맞추던 중, 라디오의 지직거리는 소음이 강해졌다. 그리고 낯선 채널이 잡혔다.

-새 코드가 필요합니다.

"응?"

민호는 무신경한 기계음에 순간적으로 소름이 돋았다.

"이건 무슨 방송이래?"

-새 코드를 입력하세요.

"나보고 하는 말이야?"

-그렇습니다.

설마 한 민호가 물었다.

"너 혹시 붕붕이?"

-새 코드로 붕붕이를 선택하시겠습니까?

꿈속에서 들은 그 말투와 똑같았다. 민호는 활짝 웃으며 반갑게 소리쳤다.

"붕붕아아아!"

-승인 완료.

주파수 노이즈가 잠잠해졌다.

-RPM은 0. 급발진 시 사고 위험이 있으니 액셀에서 발을 떼십시오. 이건 도로 주행이지 레이싱이 아닙니다.

"알았어, 알았어."

가볍게 고개를 끄덕거린 민호는 신호가 바뀌자 흥이 나서 차를 출발시켰다.

"근데 넌 누구인 거야? 레이서 박철…… 선생님이십니까?"

-BB라이더의 드라이버 교육 시뮬레이터입니다.

민호는 박철이 초보 레이서를 위한 시뮬레이션을 만드는 데 심혈을 기울였다는 기사를 떠올리고는 대략 이해했다. 박철이 가진 드라이버 지식이 그가 생전에 좋아했던 방식으로 깃들어 있는 거겠지.

"좋구나! 좋아."

레이서의 뛰어난 감각으로 보정되고 여기에 붕붕이의 서

포트까지 있다면 프로 레이싱 입문도 어렵지 않으리란 자신감이 불끈 치솟았다.

"붕붕아. 이 차로 대회 같은 거 나갈 수 있나? 나스카인지 뭔지 하는."

-개조하면 가능합니다. 그리고 그전에 프로레이싱에 참가해 드라이버 경력을 쌓아야 합니다.

"됐다. 그럴 시간 없어."

가능하다는 걸 안 것만으로도 어깨에 힘이 들어가는 느낌이었다. 세계 최고를 노릴 수 있는 남자. 어감이 좋으니까.

샤삭.

민호는 기어를 바꿔 속도를 80으로 올렸다. 그럼에도 거북이 같은 속도처럼 느껴졌으나 딱지를 끊지 않으려면 이 정도가 한계였다.

"이번 변속 어땠어?"

-친절한 조언과 직설적인 조언이 있습니다. 어떤 모드를 원하십니까?

"뭔데? 암거나 말해봐."

-그냥 오토를 타시는 걸 추천해 드립니다.

"……."

초보 레이서의 풋풋한 싹을 차갑게 얼리는 냉정함에 민호는 혀를 찼다.

"앞으로 직언은 자제해 줘."

–친절한 조언이었습니다만. 직설적인 조언은…….

"아, 됐어. 됐어! 눈만 높아가지고는."

민호는 방송국 표지판을 확인하고 핸들을 휙 꺾었다.

연예 프로그램 '한밤의 연예가 섹션' 인터뷰 대기실.

민호는 노크한 뒤에 문을 열었다. 안에는 오랜만에 보는 청춘일지 걸세븐 멤버들이 앉아 있었다. 구하연에 김선화, 윤승지까지. 축사 팀이었던 동료가 먼저 눈에 띄었다. 전원이 풀세팅의 화장을 한 터라 어딜 봐도 눈이 즐거웠다.

"오빠!"

모두와 눈인사를 나누는 가운데 폴짝 뛰어오는 한 사람이 있었다. 민호는 자신을 격하게 반기는 막내 구하연에게 손을 들어 보였다.

"잘 지냈어?"

"말도 마요."

구하연은 크고 동글동글한 눈을 깜박이며 어제까지 이어진 나 PD의 핍박을 미주알고주알 늘어놓았다.

2주 동안 단단히 벼른 제작진의 대형 농사 미션. 농기계를 종류별로 늘어놓고 알아서 사용해 보라고 나 PD가 깐죽댄 통에 도진이형 또 폭발. 민호는 그 장면이 선하게 그려져 폭소했다.

"그래서 도진 오빠가 민호 오빠를 데려오라고 난리를 치셨어요."

"나야 불러만 주면 뭐."

절대로 스케줄 안 맞는다고 발뺌해야지. 민호는 다짐을 굳게 하며 대기석 쪽으로 걸어갔다. 옆을 바짝 따라붙은 구하연이 물었다.

"소라 언니는 같이 안 왔어요?"

민호는 오전에 있던 공 매니저와의 통화 내용을 떠올렸다.

"행사 있다고 알아서 온다고 들었어."

"역시 바쁘구나. 그때 오빠가 소라 언니 해준 머리 있죠? 진~짜 끝내줬어요. 저도 나중에 한 번만 해주시면 안 돼요?"

"글쎄."

"한 번만요오~"

손가락 하나를 펴 이마에 붙인 채로 고개를 좌우로 돌리는 깜찍함에 민호는 주춤했다. 오소라가 여우라고 하더니 그야말로 애교의 표본이다. "응, 해줄게!"라는 말이 반사적으로 치밀었을 만큼 강력한 귀여움이었다.

"상황 되면 봐서 해줄게."

민호는 제이 킴의 가위 없이는 절대 다른 이의 머리를 만지지 않겠다고 결정한 까닭에 부드럽게 웃으며 말을 돌렸다.

"참, 하연아. 인터뷰 질문 같은 건 나왔어?"

"그럼요."

구하연이 쪼르르 달려가 탁자 위에 놓인 A4용지를 가져왔다.

"여기요!"

"땡큐."

마치 앙증맞은 다람쥐가 바닥에 떨어진 도토리 하나를 열심히 주워와 내미는 것만 같은 동작에 민호의 입가에도 저절로 스마일이 그려졌다.

'정신 차려, 정신.'

민호는 고개를 휘휘 돌렸다. 아무리 걸그룹 3대장의 잘나가는 아이돌이라고 해도 이 부탁은 무리다.

"또 필요한 거 있으세요? 물? 음료수?"

"물이나 좀."

"네엣!"

카리스마 언니 오소라가 없을 때 적극적으로 점수를 따놓으려는 구하연의 흑심에 민호는 호강 아닌 호강을 하며 의자에 앉았다. 배고프지 않으냐는 구하연의 물음에 손사래를 쳤으나 이미 뭔가를 사러 밖으로 나가 버렸다.

민호는 혀를 차며 질문이 담긴 종이를 살폈다.

질문은 생각보다 많지 않았다. 개인별로 5개씩에 단체 질문 3개.

'다른 멤버의 인터뷰에 자연스레 호응이라고 했지?'

걸세븐과 관련된 최신 영상을 보긴 했지만, 어제오늘 차에 신경 쓰느라 인터뷰 대비에 미진한 감이 있었다.

질문에 대한 대답을 머릿속으로 정리하는 사이 대기실의 문이 덜커덩 열렸다.

"후아."

거친 숨을 몰아쉬며 모습을 드러낸 여인은 오소라였다. 행사 복장 그대로 온 탓에 섹시 여전사로 분해 있는 그녀는 척척 걸어 들어오더니 대기실 가운데 소파에 축 늘어졌다.

청춘일지 촬영 때나 아닐 때나 오소라바라기인 김선화가 놀라 달려왔다.

"언니, 왜 그래요?"

"물 좀."

생수병을 받아 든 오소라는 벌컥벌컥 들이켜고 휴~ 하는 한숨을 내뱉었다.

"땡볕에서 무대 뛸려니 죽겠어."

"오늘 무지 덥죠?"

"말도 마. 어제도 율치리에서 죽도록 일했잖아. 인터뷰 끝나면 팬사인회도 가야 해. 쉴 틈이 없어, 쉴 틈이.”

김선화가 손부채를 부쳐 주었다.

“요즘 언니 그룹 상승세잖아요. 인기 있을 때 열심히 해요.”

오소라는 자세를 바로 하며 생수병을 돌려주었다.

“그래, 바쁜 게 좋은 거지.”

민호는 땀이 송골송골 맺힌 오소라의 목덜미에서 가슴 쪽으로 시선이 내려갔다가 눈이 왕방울만 해졌다. 그녀가 마시던 물이 흘러 가슴팍에 떨어지고, 계곡 사이로 또르르 굴러 내려가는 물방울을 목격한 탓이었다. 눈을 돌려야 함을 알고 있음에도 사내의 본능이 목을 석고상처럼 만들어 버렸다.

“어? 민호 오빠 벌써 와 있었네요?”

이제야 민호를 확인한 오소라가 말을 붙여왔다.

“으응.”

뜨끔한 민호의 목울대가 움찔했다. 애써 아무렇지 않은 척 목소리를 가다듬어 말했다.

“연예 프로그램 인터뷰는 처음이니까. 나도 열심히 해야지.”

“별거 없어요. 옆에서 누가 말하면 호들갑스럽게 ‘와아~’만 해주면 돼요.”

오소라는 양손을 올려 기계적으로 흔드는 동작까지 선보였다. 피곤함에 찌들어 웃고 있지도 기뻐하지도 않는 기색이었기에 민호는 황당하다는 듯 물었다.

"뭐야, 그 영혼 없는 리액션은?"

"이 정도면 돼요."

"지난주에 팍팍 밀어준다고 했던 게 설마 내 말에 그런 리액션을 보이겠다는 거였어?"

"네."

난감해하는 민호의 모습에 옆에서 지켜보던 김선화가 풋 하고 웃었다. 평소 오소라의 시크한 리액션을 떠올린 까닭이었다.

"다른 이유로 카메라에 많이 잡히긴 하겠다."

"몰라요. 아무튼 이런 식."

오소라는 손을 몇 번 흔들어 보이더니 귀찮다는 듯 소파에 늘어졌다.

따지려던 민호는 오소라가 팔을 늘어뜨리자 또 한 번 두드러지는 그녀의 가슴에 헛기침하며 시선을 거두었다.

'어쨌든 눈요기는 잘했으니까.'

젊은 처자들의 옷을 강제하게 해주는 여름이란 계절에 감사하며 민호는 질문지로 시선을 돌렸다.

더위를 어느 정도 식힌 오소라의 눈꺼풀이 사르르 감겨갈 즈음, 구하연이 작은 상자 하나를 들고 대기실로 활기차게 들어섰다.

"달콤한 도넛이 왔……!"

오소라가 방 한가운데 누워 있는 것을 발견한 구하연의 표정이 급격히 의기소침해졌다. 민호와 가까워지는 걸 탐탁지 않아 하는 오소라를 피해 꼬리를 치는 건 쉽지 않은 일이었다.

고민하며 방에 한 발을 디딘 구하연. 그러나 암초는 하나만이 아니었다.

"웬 도넛?"

입구 쪽에 앉아 있던 정효림이 눈을 치켜떴다. 구하연은 멈칫했다.

"우리 주려고 사온 거야?"

"그게요, 언니."

이러지도 저러지도 못하는 그 모습에 정효림의 눈이 빛났다. 구하연이 챙겨주고픈 남자는 질문지를 보는데 푹 빠져 입구 쪽은 신경조차 쓰지 않고 있었다.

"혼자 먹으려고? 그거 다 먹으면 살찔 텐데."

민호만 줄 거냐는 물음. 청춘일지를 촬영하며 막내인 구하연도 산전수전 다 겪은 여우가 됐지만, 이 안에서만 놓고 보면 새끼 여우에 불과했다. 선배이자 언니가 미끼를 던졌는데 반응하지 않을 수가 없었다.

구하연은 아쉬워하면서도 어쩔 수 없다는 듯 대답했다.

"아녜요. 다 같이 먹어야죠."

"역시 우리 챙기는 사람은 하연이밖에 없어."

정효림이 의미심장한 미소를 지었다.

강민호는 정효림도 친하게 지내고픈 상대였다. 그러나 평상시에 사이가 좋다고 할 수 없는 오소라와 같은 소속사라 그다지 말을 붙여보지 못했었다. 그런 와중에 구하연이 적극적으로 호감을 쌓는 꼴은 정효림도 그냥 두고 볼 수가 없었다.

"다들 이리 와봐. 하연이가 도넛 사왔어."

이 소리에 누워 있던 오소라가 발딱 일어났다.

"하여나아! 언니 당 떨어진 거 어떻게 알고."

걸세븐 전원이 모여들자 민호를 주려고 사온 도넛이 순식간에 동났다. 구하연은 고작 하나 남은 도넛을 보며 '히잉' 하고 울상을 지었다.

"어머, 딱 하나 남았네. 먹을 사람 없으면 내가……."

그마저도 정효림이 노리는 것을 보면서도 구하연은 아무 소리 하지 못했다.

"야, 넌 먹었잖아."

정효림이 도넛을 집어 들기 직전 휙 채가는 손이 있었다.

"단 거 많이 먹으면 몸매 관리 못 한다. 너 저번 무대 보니까 뱃살 접히더라."

"소라, 너 그게 무슨 망언이야! 누가 들으면 진짠 줄 알겠네. 나 살 하나도 안 쪘거든?"

대강의 상황을 짐작한 눈치백단 오소라가 정효림에게 '흥' 하고 코웃음을 쳤다. 오소라는 빼앗은 도넛을 구하연에게 내밀었다.

"하연아. 이거 저쪽에 정신 딴 데 팔려 있는 오빠나 갖다 드려."

"소라 언니~"

요번 한 번만 특별히 봐준다는 듯 윙크를 날리는 오소라에 구하연의 표정이 순식간에 밝아졌다.

도넛을 받아 든 구하연이 쪼르르 달려갔다.

"오빠, 이거 드세요."

구하연은 겨우 사수해 온 도넛을 민호에게 내밀었다. 인터뷰 대답 짜기 삼매경에 빠져 있던 민호가 응? 하고 시선을 돌렸다.

"오우, 땡큐. 잘 먹을게~"

한입 베어 문 민호가 감탄했다.

"이거 맛있는걸?"

"그쵸, 그쵸? 여기 명물 도넛이에요."

다람쥐처럼 두 손을 내밀고 좋아하는 구하연. 민호는 그것이 귀여워 무의식적으로 손을 들어 머리를 쓰다듬어 주고는 다시 질문지로 눈을 돌렸다.

"아……."

구하연의 얼굴에 웃음꽃이 활짝 피었다.

농촌 풍경으로 꾸며진 방송국 세트장.

걸세븐 전원은 농기구 소품을 챙겨 들고 밭일하는 자세를 취하고 있었다. 민호도 그 옆에서 자세를 잡았으나 일부러 과장스런 몸짓을 선보이는 그녀들의 분위기에 쉽게 적응하지 못했다.

이건 단지 1초의 컷이라도 더 튀어 보이기 위한 사투였다.

'어울리는 사람은 어울린다만.'

농기구로 무게를 잡는 건 쉬운 일이 아니었다. 율치리처럼 몸빼바지가 아니라 각자의 그룹에 맞는 복장을 입고 있었기에 그 괴리감은 더했다.

작은 호미 정도는 마이크처럼 들고 노래하는 장면 연출이 가능하나 삽이나 곡괭이 같은 농기구는 패션 아이템으로 소화할 수 있는 도구가 아니었다.

'소라야……. 푸훗.'

가위바위보에 져 그중에 하나를 들고 있던 오소라는 마지못해 삽을 어깨에 걸고 잘 노는 누님의 카리스마를 선보였다. 그리고 그것을 재밌어하는 민호에게 눈을 흘겼다.

"오빠는 안 해요?"

"하지, 해."

민호는 지게를 명품 백팩이라도 된 것처럼 메고서 등교하는 학생에 빙의했다.

"촬영 시작합니다."

슬레이트를 들고 있는 FD의 신호와 함께 스튜디오의 불빛이 밝아졌다. 둥근 안경을 쓴 포근한 인상의 남자가 세트장 옆에 섰다.

"큐!"

연예가 소식 프로만 15년째인 베테랑 리포터 조생민은 PD의 신호에 밖에서부터 호들갑스러운 톤으로 인사를 시작했다.

"시청자 여러분 안녕하십니까! 저는 율치리 한복판에서 삽과 호미를 들고 맹활약 중이라는 그분들을 만나러 이 자리에 나와 있습니다."

물론 설정만 율치리였으나 다들 카메라에 뻔뻔스레 포즈를 취했다. 오소라도 막상 촬영에 들어가자 언제 삽을 어색해했느냐는 듯 태연하게 카메라를 직시했다.

민호도 그 분위기에 휩쓸려 표정을 잡는 사이 리포터가 세트장으로 걸어 들어왔다.

"보십시오. 이 자랑스러운 청춘농부들의 모습을! 그렇다면 지금부터 한 명 한 명 만나 보실까요?"

오프닝 멘트가 끝나자 걸세븐 모두 까르르 웃으며 자세를 풀었다. 조생민이 옆에 자리를 잡고 서자 본격적인 인터뷰가 시작됐다.

처음은 걸세븐에서도 리더 역할을 수행 중인 오소라부터였다.

"지난주에도 축사 일을 하다가 크게 발끈하시던데. 이거 이래서 아이돌 할 수 있겠습니까? 남성팬들 막 떠나고 그러지 않을까요?"

"그런 분은 첫 회에 저희가 망가지는 모습을 보고 다 떠나셨을걸요? 요즘 팬들은 같이 화를 내주죠. 땡볕에 살이 타서 피부 상하는 걸 더 걱정하고요."

걸세븐 전원이 "맞아!" 하며 공감했다. 구하연이 옆에서 끼어들었다.

"돌아오세요. 저희 이제 사람처럼 살아요!"

김선화도 말했다.

"방송 화면 캡처해서 팬카페에 올리는 분들. 그거 올리자마자 자동강퇴니까 그러지 마세요. 제발요."

봇물 터지듯 여러 곳에서 오디오가 겹치자 오소라가 찌릿한 눈으로 말했다.

"내 차례야! 조용히 좀 해!"

"언니 도와주려고 하는 거잖아요."

"화만 내면 진짜 팬 떨어져. 주름주름! 인상 구기지 마요!"

오소라가 들고 있던 삽을 땅에 꾹 찍었다.

"이것들이!"

그야말로 정신없는 인터뷰에 조생민의 쾌활한 웃음소리가 이어졌다. 리포터를 하다 보면 실질적으로 나가는 장면이 어떤 것인지 본능적으로 알게 된다. 지금 장면도 그랬기에 저절로 나는 웃음이었다.

"청춘일지 특성상 야외 촬영이 많은데 특별히 힘든 점이 있다면요?"

"인생공부를 여기서 다 하는 것 같아요. 직접 농사를 짓고 그걸 수확하고. 무대에서는 느껴보지 못한 시골 생활의 어려움을 자주 경험했죠."

물 흐르듯 나오는 대답에 민호가 감탄하고 있을 무렵, 오소라 차례의 마지막 질문이 이어졌다.

"솔직하고 개성 있는 매력을 지닌 그룹, 펑키라인의 리더로서 팬분들께 한마디 하신다면?"

"앞으로도 당찬 활동 보여 드릴게요."

"저희도요!"

구하연과 김선화가 고개를 들이밀고 하트 모양의 손동작

을 선보였다.

"왜 자꾸 끼어들어!"

오소라가 귀찮다는 듯 들이민 그녀들의 뺨을 양쪽으로 쭉 밀어냈다. 무척 친해 보였기에 작은 다툼에도 자연스러운 웃음이 배어 나왔다.

이후에도 질문지의 순서에 맞춰 각자의 근황, 활동 계획들이 이어졌다.

민호는 지켜보며 놀랐다. 오소라의 차례는 무난했던 거였다. 서로가 서로의 질문에 난입해 조금이라도 방송에 나가기 위한 분량 싸움을 벌이는 통에 그는 한마디 말할 시도조차 해보지 못했다. 오소라의 말대로 정말 '와아~' 하고 웃기만 하게 되는 상황이 이어졌다.

'일단은 내 차례에 집중하자.'

민호는 수다스럽게 끼어들어 한 컷이라도 더 나오는 건 자제했다. 기존에 가지고 있는 스마트한 이미지를 벗어나는 짓은 마이너스라는 판단에서였다.

"이쯤에서 시청자 여러분은 걸세븐 틈에 왜 청일점 하나가 있을까 궁금해하실 것 같은데요. 지난주 율치리에서 활약이 대단하셨죠. 안녕하세요!"

드디어 차례가 다가왔다.

"반갑습니다, 시청자 여러분. 프로게이머 강민호입니다."

민호는 카메라를 향해 최대한 정중한 자세로 서서 또박또박 인사말을 전했다. 유명인일 경우야 바로 활동에 대한 인터뷰를 진행하지만, 이제 방송 활동을 시작한 그로서는 이름 PR이 먼저였다.

"프로게이머! 상당히 특이한 직업이네요. 이거 설마!"

조생민이 눈을 동그랗게 뜨고 강조했다. 질문지에 예정된 것은 아니지만, 시청자들의 주목을 끌기 위한 맥을 짚어주기 위한 것임을 깨달은 민호는 호흡을 맞춰 대답했다.

"맞아요. 게임만 해서 먹고사는 꿈의 직업. 다들 그리 말하시죠. 저도 매일 꿈꾸는 듯 지내고 있습니다."

농담이 섞인 대꾸에 조생민이 살짝 웃었다.

"듣기로는 얼마 전에 퀴즈쇼도 우승하셨다면서요? 그 퀴즈쇼 우승하기가 하늘의 별 따기라던데. 공부를 엄청 잘하시나 봐요?"

퀴즈얘기, 청춘일지 경험담, 향후 방송계획과 포부로 마무리. 이것이 질문지의 흐름이었다.

"퀴즈쇼는……."

무난하게 가면 이 중에 한두 대답이 방송을 타겠지만, 그걸로 시청자에게 깊은 인상을 심어주기란 무리였다.

'상황을 보면서 대답해 볼까?'

민호는 바로 옆에 선 오소라 때문에 카메라에 살짝 가려진 왼손으로 회중시계를 집었다. 그리고 그것을 열었다.

째깍째깍.

시계 나사가 맞물리며 1분간의 인터뷰 흐름이 민호의 머릿속을 스쳤다.

"여기저기 관심을 두다 보니 운 좋게 풀 수 있었던 것 같아요. 청춘일지 제작진도 그걸 알고 무척 어려운 퀴즈를 준비하셨더라고요."

여기까지 마쳤을 때 구하연이 끼어들기 위해 불쑥 앞으로 나섰다.

*[맞아요, 다들 감자 캐러 갈 뻔한 걸 민호 오빠가……!]*

회중시계를 통해 먼저 들은 구하연의 말이 떠올랐다.

'이 부분은 컷.'

민호는 타이밍에 맞춰 침착하게 구하연을 불렀다.

"하연아."

앞으로 나서자마자 기다렸다는 듯 민호가 부르자 구하연은 움찔 놀라 "네?" 하고 고개를 돌렸다.

"이번 주 방송분 스포는 자제해 줘야 하지 않을까?"

"아……."

말문이 막힌 구하연이 물러나는 사이 민호는 다음 질문에 대한 대답을 이어 나갔다.

"농사에 익숙한 건 아닌데 어쩌다 보니 배울 기회가 있었어요. 텃밭 작물이 뭐가 좋을지, 7월 초에 어떤 작물을 파종하고 수확할지 예능이 처음이라 철저히 공부하고 갔었죠."

이쯤에서 끼어드는 건 정효림이었다.

*[그 덕분에 저녁 진짜 풍족하게 먹었죠. 율치리에서 다이어트 걱정하며 밥을 먹게 될 줄은 몰랐어요. 민호 씨 짱! 다음에도 꼭 나와줘요!]*

친하지도 않은데 기어코 추임새를 넣는 모습은 어색하기 그지없었다. 본래 인터뷰까지 편집당할 위험이 커진다. 정효림이 입을 열기도 전에 민호는 오소라를 돌아보며 물었다.

"그날 미션 성공으로 뭘 먹었더라?"

"목살. 송이버섯은 제가 참았죠."

"아무튼 평소에는 먹는 척만 하는 줄 알았던 소라 씨가 부어오른 배를 두드리며 앉아 있는 모습은 정말 신선했습니다. 이게 바로 청춘일지의 매력이 아닌가 싶어요."

"뭐요!"

오소라가 바로 노려보자 조생민이 껄껄 웃었다. 끼어들 시기를 놓친 정효림이 입술을 잘근 깨물었다.

*[축사 앞에서 민호 씨가 못 들어가고 바짝 얼어 있더라고요!]*

"축사는 새로운 경험이었습니다. 안에서 일하다 말고 송아지 이름 지어주는 그녀들을 보고 정말 놀랐죠."

*[수박 먹고 나서 경운기 시동을 거는데 이장님 아들인 줄 알*

*았다니까요!]*

"경운기요? 왜 그런 거 있잖아요. 방학 때 할아버지 댁에 놀러 가면 도시와는 다른 풍경에 판타지 세상처럼 느껴지는 거. 시골을 돌아다니며 모험을 즐기다 보니 경운기도 조작해 볼 기회가 닿은 거죠."

민호는 대책 없이 끼어드는 걸세븐을 하나하나 정리해 대화를 이어나갔다.

시종일관 깔끔한 흐름. 걸세븐을 쥐락펴락 자기 멘트를 하는 민호의 여유에 조생민은 내내 감탄을 터뜨렸다.

"준비된 방송인이라는 것이 느껴집니다. 이래서 민호 씨 보고 스마트, 스마트 하나 봅니다."

"과찬의 말씀입니다. 그 정도는 아니에요."

민호의 겸손에 오소라가 등을 팡 때렸다.

"아니긴요! 이번 주 보시면 아시겠지만, 이 오빠 못 하는 게 없어요."

"그래요? 이번 주 방송이 무척 기대되는군요."

조생민이 쾌활한 웃음을 지었다.

'휴, 이 정도면 됐어.'

민호는 만족스러운 표정으로 인터뷰를 마쳤다.

이후 이어진 공동 질문은 이도진, 나 PD와 관련된 뒷담화였기에 굳이 끼어들지 않았다.

"지금까지 청춘일지 팀의 인터뷰였습니다!"
조생민의 멘트를 끝으로 세트장의 불빛이 내려갔다.

세트장을 나와 주차장으로 향하는 중에 민호의 인터뷰에 대한 오소라의 감평이 이어졌다.
"어쩜. 엄살은. 오빠 무지 능숙하던데요?"
"능숙?"
"걸세븐 애들 진짜 만만치 않은데 무슨 전문 MC가 토크쇼 진행하는 줄 알았어요."
민호는 오소라의 말에 안도했다. 똑같이 맞장구를 치는 대신 그걸 정리하는 모습으로 차별화를 꾀한 것이 맞아 들었다면 방송 화면에도 많이 잡히리란 기대감이 들었다.
"고정프로 시작하면 난리 나겠네, 난리 나겠어."
"그걸 어떻게 알아?"
"척하면 딱이죠."
주차장에 도착한 민호는 오소라를 보며 물었다.
"난 스케줄 없어서 바로 숙소로 갈 거야. 너는?"
"팬 사인회 있어서 일단 회사로 가야 해요."
"고생이 많다. 잘해."

손을 흔들며 걸어가는 민호를 오소라가 급히 불렀다.

"공 매니저님은요?"

"응? 오늘은 혼자 왔어. 공 매니저님 좀 쉬시라고."

"아! 전화해 놓을걸."

오소라가 아쉽다는 표정을 지었다.

"멤버들 회사에서 편하게 기다리라고 아까 보냈거든요. 얻어 타고 돌아가려고 했는데 택시 타고 가야겠네."

"회사 정도면 내가 태워다 줄게."

"정말요?"

"그럼."

민호는 어깨를 으쓱해 보였다. 어차피 붕붕이 타고 드라이브 좀 즐기다 돌아가려 했었다.

컨버터블 클래식카의 지붕이 열렸다.

조수석에 앉은 오소라는 돌리는 창은 처음 봤는지 신기하다는 듯 계속 올렸다 내리기를 반복했다.

"'오빠 달려~' 할 분위기는 아니지만 차가 뭔가 운치 있네요."

"그래? 너 칭찬한다 붕붕아."

"뭐야? 근데 유치하게 차 이름이 붕붕이?"

라디오를 보며 알 수 없는 미소를 짓고 있던 민호가 고개를 돌리며 말했다.

"빠르게 달릴 거니까 놀라지 마. 벨트 꽉 매고."

"네?"

부릉— 부아아아앙!

급발진 사고라고 부를 수밖에 없는 스타트가 오소라의 전신을 의자에 파묻히게 만들었다.

"꺄악! 오빠!"

2초 만에 70㎞에 도달했을 만큼 극가속의 출발이었다. 도로 위로 나온 차가 사나운 코너링으로 교차로를 지났다.

"천천히! 여기 고속도로 아니에요!"

"규정 속도보다 5킬로나 낮다는데?"

"누, 누가요?"

"있어. 무지 친절한 교통안내 프로그램 같은 게."

정차 구간에 칼 같은 속도 감속, 출발 시 다른 차는 전혀 따라오지 못할 만큼의 가파른 속도 상승. 코너를 돌 때도 좌우로 몸이 급격히 쏠리는 기현상에 오소라는 눈을 질끈 감았다.

"너 놀이기구 전혀 못 타지? 보기보다 순해. 지난번 폐가에서도 그러더니."

"아니거든요!"

오소라는 발끈했지만 전혀 눈을 뜨지 못했다.

그렇게 5분 정도 화끈하게 달렸을 즈음, 거칠게 달리던 차의 주행이 봄바람을 타고 살랑거리는 나비처럼 부드러워졌다.

"그만 눈 떠."

민호가 웃으며 말했다.

"이제 기분 풀렸나 보다. 부드러운 주행법을 가르쳐 주네."

"누가요!"

---

Relic : BB옵션이 추가된 레이서의 컨버터블.

Effect : 시동을 걸면 극한의 동체시력을 활용할 수 있게 된다.

## 14.
## 철투! 1 VS 100 (1)

프로게이머라고 모든 게임을 잘하는 건 아니지만, 민호는 게임 대부분을 어느 정도 하는 편에 속했다. 그래도 굳이 취약한 부분을 꼽자면 PC방 세대의 게임이 아닌 오락실 세대의 게임이 까다롭다고 할 수 있었다.

복잡한 기술 커맨드 숙지가 필수인 대전격투, 화면을 가득 뒤덮는 탄막을 피해야 하는 슈팅게임, 얍삽이와 꼼수를 모르면 쉽게 클리어할 수 없는 횡스크롤 액션게임까지.

'켠김에 클리어'라는 프로그램 섭외가 들어왔을 때 민호는 면식이 있는 담당 PD이자 옵저버로 불리는 도완욱에게 문자를 날려 보았다.

[이번에도 오락실게임이죠? 쉬운 것 좀 부탁드려요.]

돌아온 단어는 심플했다.

[철투. 대전 100승.]

"……젠에길. 차라리 히든보스를 깨라고 하지."

"네?"

운전하던 공 매니저가 민호의 중얼거림에 백미러로 시선을 보냈다.

"아무것도 아니에요."

민호는 겸연쩍게 웃으며 철투 공략집을 펼쳐 들었다.

오락실을 드나드는 일반인과 대전을 벌여 100승을 달성해야 하는 오늘의 목표는 밤을 새워도 다 못 이룰 가능성이 농후했다. 본래 무슨 게임을 하는지는 당일에야 가르쳐 주는데 먼저 밝힐 만큼 자신 있다는 소리니까.

'분명히 암암리에 고수들을 섭외했을 거란 말이지. 고생은 예정됐고, 남은 건 승수를 깎는 협상뿐인가? 다른 게스트라도 잘하는 사람이 오면 좋으련만.'

밴은 홍대의 공용 주차장 앞에 멈춰 섰다.

시계를 보니 8시 근처였다. 촬영 시작이 9시인 터라 민호는 남은 1시간 동안 공략집을 숙지하는 데 주력하기로 했다.

"드디어 이번 주 마지막 스케줄입니다."

공 매니저가 운전석에서 등을 돌리며 말을 붙여왔다.

"오늘은 민호 씨 전문 분야라 다른 때보다 마음이 놓이네요. 몇 시쯤 끝나실 것 같습니까?"

"저녁까지는 봐야 할 것 같아요. 근데 빨리 끝내야 할 스케줄이라도 있어요?"

"다름이 아니라 사장님께서 미팅을 원하십니다. 민호 씨가 들어갈 만한 고정 예능이 정해진 것 같아요. 잘 어울리는 대박프로라고 들떠 보이셨습니다."

이 말을 하는 공 매니저의 표정은 무척 고무되어 있었다. 민호는 사전에 불가하다고 밝힌 음악 분야가 아닐지 궁금하여 물었다.

"불후의 음반이나 포텐싱어. 뭐 이런 건 아니죠?"

이 질문에 공 매니저가 반색하며 되물었다.

"음악예능도 하시게요?"

"아뇨!"

언제든 말만 하라는 듯한 공 매니저의 반응에 민호는 재빨리 고개를 흔들었다.

"프로그램 이름이 뭔데요?"

"아직 물밑에서 섭외만 하는 단계라 방송국에서도 프로그램명을 밝히지 않았다고 합니다. 기획의도 같은 건 사장님께서 민호 씨에게 직접 설명해 주신다고 하셨습니다."

음악도 아닌데 비밀에 부치는 프로라. 허튼소리 하지 않는 임소희가 만족할 만한 프로그램이라고 하니 민호는 걱정보다 기대감이 들었다.

"본격적인 방송활동 한 달 만에 고정이라니 정말 대단한 성과입니다. 이대로만 쭉 무탈하게 가면 연말 연예시상식에 이름을 올릴 수 있을지 모릅니다."

장밋빛 미래를 늘어놓는 공 매니저. 그 자체로 부담이었으나 한편으론 욕심도 났다.

'기왕 예능에 데뷔했으면 신인상 정도는 노려줘야지.'

인기상까지 받을 수 있다면 금상첨화다. 상상의 나래를 펼치며 희희낙락 즐거워하고 있던 민호는 휴대폰에 문자수신 표시가 깜박거리는 것을 보고 손에 쥐었다.

[민호 오빠, 어디세요?]

윤이설이었다. 민호는 Once에서 만나기로 한 지난주의 약속을 생각해 내고는 곧바로 답장을 보냈다.

[홍대에 와 있어. 너는?]

[지금 거리공연 준비 중인데 오늘 이 근처 오락실에서 스케줄 있는 거 맞죠? 여기 방송국 차 지나가고 막 그러네요.]

'근처?'

아침부터 윤이설을 만나 귀가 호강하는 목소리를 들으면 기운이 불끈 솟을 것만 같은 기대감이 들었다. 민호는 좌석에서 일어났다.

"공 매니저님, 저 일찍 가볼게요."

"그러시겠습니까?"

"언제 끝날지 모르니까 회사로 돌아가 계세요. 늦어질 것 같으면 사장님께 내일 뵙자고 말씀드릴게요."

문을 열고 내리자 공 매니저가 파이팅!을 외쳐 보였다.

오락실이 있는 골목은 비좁았다. 엔게임넷의 차량이 주차해 촬영 장비를 내리는 통에 겨우 사람이 지나다닐 공간만 나왔다.

"잠시만 지나갈게요."

민호는 그 틈을 비집고 들어가다 오락실 입구에 서 있는 앳된 외모의 아가씨를 발견했다. 아담한 체구에 하얗고 말랑말랑한 피부를 가진, 홍대여신 윤이설. 절로 시선을 빼앗길 만큼 감탄사가 나왔다.

'역시 보길 잘했어.'

예쁘기도 예쁘지만, 기타를 등에 메고 있으니 뮤지션의 포스가 풀풀 피어올랐다. 지난밤 놀이터의 어두운 불빛에서 보았을 때와는 또 달랐다.

"이설아."

"오빠?"

윤이설은 짧은 거리임에도 허둥지둥 전력을 다해 다가왔다. 그러며 수줍게 말을 꺼냈다.

"잘 지내셨어요?"

"응."

얼굴 한가득 반가운 기색을 담은 그녀의 인사에 민호도 빙그레 웃음이 지어졌다.

"너도 잘 지냈어?"

"그럼요! 기획사 연습실 시설이 무척 좋아서 음악 하기 정말 좋아요. 첫 앨범 작업도 시작하고. 다 오빠 덕분이에요."

"내 덕은 무슨. 네 능력이 뛰어나서 사람들이 알아봐 준 것뿐이야."

"또 그 소리. 아니거든요."

"맞거든?"

절대 아니라는 듯 고개를 좌우로 세차게 흔드는 윤이설에 민호는 피식하고 말았다.

"오늘 거리 공연을 한다고?"

"네. 회사에서 이벤트를 하는데 저도 한 곡 참여하게 됐어요. 그래서 말인데……."

윤이설은 민호를 흘끔 올려다보고는 조심스럽게 물었다.

"이따가 시간 되시면 세션 좀 도와주실 수 있을까요? 전에 들려 드린 신곡을 부르고 싶어서요."

"공연이 몇 시인데?"

"제 타임은 6시예요."

"그 시간대면 넉넉할 거야."

온종일 느긋하게 촬영하는 컨클 특성상 중간에 잠깐 시간 내는 것쯤은 어려운 게 아니었다. 끝나지 않아서 문제지.

"Once의 뒷방에서 보자고. 아마 점심 먹고 나서 시간이 날 거야."

"진짜죠!"

한시름 덜었다는 듯 윤이설의 얼굴이 환해졌다.

"휴, 다행이다. 걱정 많이 했어요."

"무슨 걱정?"

"오빠 바쁘셔서 못 만날까 봐요. 회사에서 전문 편곡자님을 붙여주긴 했는데, 저랑 좀 안 맞는 것 같아서 오빠 도움이 절실했어요."

고마워하는 윤이설을 보며 은근히 흐뭇해지는 민호였다. 얼굴과 목소리에 마음씨까지 고운 윤이설을 돕는 일이라면 언제든지 환영이었다. Once에서 계속 돕다 보면 프로듀싱 센스도 올라갈 테고 말이다.

"근데 오빠는 여기서 어떤 도전을 하시는 거예요? 저도 그 프로 봤는데 막 20시간씩 게임하고 그러던데."

윤이설이 오락실을 가리켰다.

"일반인이랑 철투 대전해서 100승 해야 끝나."

"100승이나요?"

윤이설이 놀라서 눈을 크게 떴다. 민호는 혹시나 해서 물었다.

"이따가 와서 한판 해볼래?"

"그래도 돼요?"

"지인으로 특별 출연해도 돼. 나 전에 할 때는 우리 게임단 식구들도 중간에 나왔었어."

'못해서 구박받고 쫓겨나긴 했지만.'

민호는 그녀가 아무리 못해도 쫓아낼 리는 없다고 생각했다.

"저야 좋죠! Once 가기 전에 한번 들를게요."

간단히 윤이설의 특별출연 확정됐다.

혹시 또 모른다. 윤이설이 '켠김에 클리어' 촬영장을 깜짝 방문해 미소라도 날려주면 도 PD가 승리 횟수를 깎아줄지. 윤이설의 귀엽고 풋풋한 매력에 도 PD는 물론이고 제작진 모두 푹 빠지리란 건 당연한 순서였다.

"이설아. 철투란 대전게임은 좀 알아?"

"그거 비디오게임으로도 나온 거 맞죠? 조금 해봤어요."

윤이설에게서 민호의 예상과는 다른 대답이 나왔다.

"정말?"

놀라서 되묻는 민호에게 고개를 끄덕이며 웃어 보이는 그녀.

'촬영 시작 전에 잠깐 연습 좀 해볼까?'

'철투 Ⅶ' 로고가 새겨져 있는 게임 기계 앞.

민호는 화면 속 근육질의 다부진 체격을 가진 남자에 온 정신을 집중해 공격을 시도했다. 공략집에서 본 화려한 기술의 태권도 캐릭터였다.

상대인 윤이설이 고른 중국 소녀는 살랑거리는 손동작과 함께 권법의 동작을 선보였다.

민호는 척 봐도 약해 보였기에 웃으며 접근했다.

'레버를 돌리고 오른발, 오른발, 왼손, 왼발이었나?'

기억난 콤보를 실험해 보려는 찰나, 화면 속 중국 소녀가 자세를 낮춰 학처럼 양팔을 펼쳤다. 민호의 공격이 헛발질로 끝나자 그 틈에 몸을 핑그르르 돌려 장풍을 쏘아대는 동작으로 가슴을 강타했다.

'터엉!' 하는 효과음과 함께 민호의 캐릭터가 허공에 살짝 떴다.

'이런.'

요란하게 버튼을 누르며 반격을 시도하려는 민호와 그의 캐릭터로 중국 소녀가 뛰어들었다. 그리고 이어진 화려한 공중콤보. 허공에서 쉴 새 없이 두드려 맞다 보니 체력이 반으로 줄었고, 바닥에서 일어나자마자 이어진 공격에 곧장 'K.O'라는 글자가 화면으로 떠올랐다.

"헐."

뭘 해볼 사이도 없이 패배한 민호는 자리에서 일어나 게임

기계 뒤편의 윤이설을 바라봤다.

"이거 조금 할 줄 아는 수준이 아닌데?"

"그래요?"

키득거리며 웃는 윤이설. 민호는 이대로 패배할 수는 없다는 생각에 2라운드에는 단단히 대비했다.

대전게임의 기본은 뭐니뭐니해도 운영이다. 아무리 콤보를 잘 넣어도 시작 기술을 맞추지 못한다면 말짱 꽝. 철투는 그 공식의 선봉장에 있는 게임이었다.

민호는 상중하를 최대한 가드하며 무리하게 공격하기보다는 빈틈만 노리는 쪽으로 수비했다. 대전 종료 2초를 남기고 때린 발차기에 체력 차이가 역전. 겨우 2라운드에 승리했다.

3라운드는 콤보를 막지 못해 패배. 4라운드는 아슬아슬하게 시간 종료로 승리.

대망의 5라운드에서 민호는 윤이설이 주로 하는 중단 방향의 공격 패턴을 파악하고 카운터를 먹여 가까스로 승리했다. 그야말로 처절한 신승이었다.

"야, 너 잘하잖아."

"저희 아빠 취미시거든요. 가끔 설거지 내기로 해요. 아빠는 버튼 2개만 하고 전 4개다 쓰긴 하지만요."

게이머의 본능을 갖고 사는 이는 어디에나 있다는 건가?

"저 그럼 연습 갔다가 점심 지나서 올게요."

"응, 이따 봐."

윤이설이 활기차게 손을 흔들며 오락실을 빠져나갔다.

민호는 공략집을 옆에 두고 동전을 투입한 채 연습에 돌입했다.

"일찍 왔네."

한창 콤보 적응에 열중하고 있던 민호의 귓가로 도 PD의 목소리가 흘러들었다.

민호는 고개를 돌렸다. 애니메이션에 나오는 여자 캐릭터가 대문짝만 하게 그려진 티셔츠가 먼저 눈에 들어왔다. 그것을 입고 있는 더벅머리 총각이 손을 흔들어 보였다.

"그 옷은 뭐예요?"

유치해하는 민호의 시선에도 굴하지 않는 도 PD는 티셔츠에 그려진 캐릭터와 똑같은 포즈를 선보이며 한마디 했다.

"니코니코니~"

"뭔 소리래?"

알 수 없는 주문을 외우는 도 PD의 모습에 민호는 어느 정도 감을 잡았다.

저 형님도 미소녀 베개를 끌어안고 자는 가람이와 같은 과다. 다만 한 가지 다른 점이 있다면, 저 형님은 모든 게임에 두루 능통한 전문가라는 사실이었다. 자신이 펜타스톰에만 특화되어 있다면, 도완욱은 게이머들이 즐기는 거의 모든 것을 고수급으로 즐길 수 있었다.

도 PD가 반대편에서 동전을 넣으며 말했다.

"부담 좀 됐나 봐? 연습까지 하고."

"잠은 집에서 자야죠."

"어디 보자……."

가슴 큰 누님 스타일의 캐릭터가 건너편에서 새 도전자로 들어왔다. 대전이 시작되고 민호는 태권도 캐릭터로 연습했던 콤보를 시도하며 물었다.

"솔직히 고수 몇 명이나 불렀어요?"

"고수는 안 불렀어. 나 같은 일반인만 상대하면 돼."

가볍게 대답한 도 PD는 반격을 시도해 민호의 캐릭터를 K.O시켰다.

"이런 게 일반인?"

"조금 하는 일반인."

민호는 2라운드도 연이어 패배했다. 도 PD가 안경을 슬쩍 올리며 지나가듯 말했다.

"실력 숨겨봤자야."

"최선을 다하고 있는 겁니다만."

카메라 장비를 설치하기 위한 스태프들이 줄줄이 들어서는 사이 3라운드가 시작됐다.

민호는 누님 캐릭터의 다리 기술을 앉아서 피하고 잽으로 공격을 끊었다. 태권도의 화려한 돌려차기가 시작되어 누님 캐릭터가 벽 끝에 처박혔다.

“이잉~ 니나짜앙~”

“일부러 그러는 거죠?”

접전 끝에 3라운드는 승리했으나 4라운드는 패배. 민호는 자리에서 일어났다.

“저녁 전에는 반드시 갑니다.”

“박력 좋아. 후후.”

능청스러운 웃음으로 화답한 도 PD는 AI와의 대전을 시작했다. 민호는 그 뒤에서 콤보의 타이밍이라던지, 횡스텝을 밟는 기술을 유심히 살펴보았다.

“내 거는 봐도 소용없어. 이 캐릭은 강해서가 아니라 사랑으로 하는 거니까. 넌 풍신류 캐릭 하나만 파는 게 좋을 거야. 철투에서는 그게 왕도지. 이따가 풍신 초고수한테 한번 배워봐.”

“고수 없다면서요?”

“그냥 고수는 없어. 초고수만. 우리 레전드 에피소드 한번 찍어보자.”

민호는 살짝 당황했다. 이러다 저녁까지 100승은커녕 50승도 못 올릴지 모른다는 부담감이 들었다. 그래도 안심되는 것은 윤이설의 존재였다. 그녀라면 제작진의 클리어 기준을 완화시켜 주기 위해 한몫 거들어 주리라.

"이따가 친구도 부를 거예요."

"마음대로 해. 어차피 오늘은 너 혼자니까."

"혼자요?"

1회전에 가볍게 승리하고 2회전으로 넘어가는 사이 도 PD가 고개를 돌렸다.

"민호 너 인지도 엄청 올랐더라. 너랑 같이 펜타스톰 선수 몇 명 섭외하려고 했더니 위에서 혼자만 하는 게 낫겠다고 하더라고. 공중파도 나오고. 암튼 대단해."

다시 2회전에 승리하고 화면 속 누님의 승리포즈를 따라 하는 도 PD의 모습에 민호는 어처구니없다는 표정을 지었다. 그러다 도 PD의 주머니에 시선이 머물렀다.

'설마?'

휴대폰에 달린 캐릭터 열쇠고리. 오른쪽 눈에 붕대를 감고 있는 미소녀가 산뜻하게 빛나고 있었다.

"PD님, 그 캐릭터 뭐예요?"

"이거?"

도 PD가 휴대폰을 꺼내 들었다.

"내 사랑 레이짱."

어떻게 봐도 애장품이었다. 저것에 담긴 것이 모든 게임에 두루 능통한 능력일지, 2D 여자에 껌벅 죽는 감성에 공감하는 것일지는 미지수였다.

아마도 후자 쪽일 것 같았으나 밑져야 본전. 민호는 조심스레 물었다.

"잠깐 구경 좀 해봐도 돼요?"

"너무 눈길 주면 안 돼."

"저요?"

"아니, 레이."

신음을 삼키며 캐릭터 열쇠고리에 손을 댔다. 은은한 빛이 스르륵 사라졌다.

"PD님, 한 판 더 해요."

민호는 열쇠고리를 소지한 채로 동전을 투입했다. 띠링거리는 소리와 함께 캐릭터를 고르는 창이 나왔다.

당연히 직전까지 열심히 연습한 태권도 캐릭터를 고르려 했다. 그러나 손은 무의식중에 금발을 나부끼는 외국소녀를 선택하고 승인을 눌러 버렸다.

'얼레?'

민호의 눈이 커졌다.

"오오, 리리! 그녀야말로 철투의 진리지."

건너편에서 민호가 선택한 캐릭터를 향한 도 PD의 감탄사가 이어졌다.

우두커니 화면을 보고 있던 민호는 도 PD의 열쇠고리에 대한 예상 중에 후자가 맞았음을 깨달았다. 원치 않은 캐릭터였음에도 애절하게 그리워했던 연인을 이제야 만난 것마냥 몸짓 하나하나가 사랑스러워 보이는 이 기분.

'아니야!'

이 열쇠고리는 못 쓰겠다는 생각을 하며 일어나려는 그 순간, 선택한 소녀 캐릭터의 기술 커맨드가 저절로 떠올랐다. 공략집을 보고 외운 것이 아님에도 남아 있는 것을 보아하니 이것도 도 PD의 능력은 분명했다.

'게임만 한판 해볼까?'

1라운드가 시작되자 서로 간에 공중콤보를 넣기 위한 치열한 견제가 오갔다. 상단기로 치고 들어오는 도 PD의 공격을 캐치하여 잡기를 시전하자 이번에는 상대 쪽에서 이를 끊어 기술을 차단했다.

고수간의 짧은 접전.

도 PD의 눈빛이 달라졌다. 그가 조작하는 누님 캐릭터의 패배를 두고 볼 수 없던 것이다.

이것은 민호 역시 마찬가지였다. 기술을 시전할 때마다 옆에 장미꽃잎이 휘날리는 연출을 선보이는 이 금발소녀가 쓰러지는 꼴은 절대 볼 수 없었다.

5라운드까지 가는 뜨거운 대전 끝에 누님 캐릭터가 바닥을 뒹굴었다.

'이겼어! 아유, 우리 리리 승리포즈도 예쁘네. 우쭈쭈~'

라고 화면 속 캐릭터와 가상의 대화를 나누던 민호는 움찔 놀라 일어섰다.

이 능력 뭔가 애매하다.

쭉쭉빵빵 누님이나 하늘하늘 미소녀만 선택해 100승에 도전하면 빨리 끝나더라도 원치 않는 오해를 만들 수 있었다.

"진짜 실력 숨기고 있었구나. 초고수들 초빙한 보람이 좀 있겠어."

도 PD가 다가오며 엄지를 치켜들어 보였다.

"초고수?"

"음~ 철투 대회 우승자라거나?"

"PD님!"

대놓고 수를 썼음을 인정하는 도 PD에 민호는 난감한 상황에 부닥쳤다.

'할 수 없지. 캐릭터와 가상의 대화를 나누는 게 입 밖으로 나오는 건 아니니까.'

미란다의 감정에 격한 동질감을 느꼈던 공간에 비하면 이 애장품은 그 정도로 감정을 흔들지는 않았다. 거기다가 극성스러운 애니 매니아임을 감추지 않는 도 PD가 있는 한, 더 튀어 보일 리도 없었다. 도 PD 헌정 캐릭터 선택이라고 우기면 그뿐.

고민과 비교하면 결정은 과감했다.

"PD님. 이 열쇠고리 오늘 하루만 빌려주실 수 있나요?"

"내 레이를?"

"퍼스트 칠드런 버전 초회 한정판은 처음 봐요. 이거 엄청 귀한 거잖아요. 평생 가도 못 볼 거 딱 하루만요. 그러면 저도 힘을 받아 레전드 에피소드 만들 수 있을 거 같습니다."

매니아는 매니아를 알아본다.

"혼또니?"

도 PD의 일어에 민호는 고개를 끄덕이며 대답했다.

"혼또."

대번에 이 물건의 가치를 공감해 준 민호에게 도 PD는 흔쾌히 열쇠고리를 빼서 넘겨주었다.

"난 그럼 세팅 좀 하러 간다. 좀 이따 보자."

도 PD가 가고 민호는 일부러 AI에게 패한 뒤 다시 동전을 넣었다. 캐릭터 선택창으로 움직여 원하는 캐릭터를 선택해 봤으나 항상 근처의 여자캐릭터로 손이 움직였다.

'위험해.'

무지 쓰다는 걸 알면서도 몸에 좋으니 삼켜야 하는 고삼차를 앞에 둔 기분이랄까.

to be continued